꿈, 날아오르다

꽃, 날아오르다

초판 1쇄 인쇄일 2015년 11월 2일
초판 1쇄 발행일 2015년 11월 6일

엮은이 이선재
펴낸이 양옥매
교정 김인혜

펴낸곳 도서출판 책과나무
출판등록 제2012-000376
주소 서울특별시 마포구 월드컵북로 44길 37 천지빌딩 3층
대표전화 02.372.1537 **팩스** 02.372.1538
이메일 booknamu2007@naver.com
홈페이지 www.booknamu.com
ISBN 979-11-5776-116-6(03810)

이 도서의 국립중앙도서관 출판시도서목록(CIP)은 서지정보유통지원 시스템
홈페이지(http://seoji.nl.go.kr)와 국가자료공동목록시스템
(http://www.nl.go.kr/kolisnet)에서 이용하실 수 있습니다.
(CIP제어번호 : CIP2015029474)

· 빛을 향하여 28 ·

꽃, 날아오르다

이선재 엮음

책과나무

　우리나라 평생교육(平生敎育)은 1999년 평생교육법(平生敎育法)이 제정(制定)된 후 제도적(制度的), 실천적(實踐的)으로 발전(發展)을 거듭하고 있습니다.

　제도면에서는 평생교육법 제2조에 평생교육을 학교교육(學校敎育)을 제외(除外)한 학력보완교육(學力補完敎育), 성인기초(成人基礎)·문자해득교육(文字解得敎育), 직업능력향상교육(職業能力向上敎育), 인문교양교육(人文敎養敎育), 문화예술교육(文化藝術敎育), 시민참여교육(市民參與敎育) 등 6대 영역(領域)으로 규정(規定)하고 있고, 교육기본법(敎育基本法) 제3조에는 '모든 국민(國民)은 평생(平生)에 걸쳐 학습(學習)하고 능력(能力)과 적성(適性)에 따라 교육(敎育)받을 권리(權利)를 가진다.', 제4조에는 '모든 국민은 평생교육의 기회(機會)를 균등(均等)하게 보장(保障)받는다.', 또 제8조에 '의무교육(義務敎育)은 6년의 초등교육(初等敎育)과 3년의 중등교육(中等敎育)으로 하고 모든 국민은 의무교육을 받을 권리를 가진다.'라고 되어 있습니다.

그러나 실천적 면에서는, 저학력(低學力) 계층(階層) 문해교육(文解教育) 지원(支援) 및 학력 인정(認定)에 대한 국가 책무(責務)가 교육기본법에 명시(明示)되어 있지만 아직 많이 부족(不足)한 실정(實情)입니다. 교육부(教育部) 평생교육진흥기본계획(平生教育振興基本計劃) 자료(資料)(2013~2017)에 따르면 의무교육 이하(以下)인 대상자(對象者)만도 중학학력(中學學力) 미만(未滿) 성인인구(成人人口) 577만 명〈전체인구(全體人口)의 15.7%〉문맹(文盲) 성인인구 260만 명〈전체인구의 7%〉학교중도(中途) 탈락(脫落) 청소년(靑少年) 28만 명으로〈전체학령기(全體學齡期) 인구(人口)의 4%〉에 이릅니다. 그런데 문해교육(文解教育) 수혜자(受惠者)는 13만 여명(餘名)에 불과(不過)해 잠재(潛在) 수요자(需要者) 대비(對比) 2.2%에 불과(不過)한 실정입니다.

엘빈 토플러는 21세기(世紀) 문맹자는 글을 읽고 쓰지 못하는 사람이 아니라 학습(學習)하고, 버림학습하고, 재학습할 수 없는 사람이라고 했습니다. 그런데 의무교육을 받지 못한 사람은 학습도 할 수 없고 버림학습할 것도 없고, 재학습도 불가능(不可能)한 것이 현실(現實)입니다. 급변(急變)하는 사회(社會)에 적응(適應)하며 생활(生活)하려면 배운 사람도 끝없이 배워야 하는데 의무교육을 받지 못한 비문해자(非文解者)를 놓아두고는 이 분들의 삶의 질(質)도, 행복추구(幸福追求)도 어려울 수밖에 없습니다. 정부(政府)는 이 분들의 학습권(學習權)을 보장할 정책(政策)을 하루빨리 수립(樹立)·시행(施行)함으로써 헌법(憲法)에 보장된 학습권과 행복추구권을 보장해 주어 이 분들의 고충(苦衷)을 덜어주어야 할 것입니다.

여기에 시대의 빠른 변화(變化)에 부응(副應)하기 위하여 시대 탓, 부모 탓, 여건 탓을 하지 않고 평생학습을 실현(實現)하기 위해 스스로 모인 사람들이 바로 성인을 대상으로 하는 양원초등학교(陽垣初等學校)·양원주부학교(陽垣主婦學校)·일성여자중고등학교(一醒女子中高等學校)의 학생(學生)들입니다.

이들은 필요(必要)한 기본(基本) 과목(科目)도 배우고, 실생활(實生活)에 유용(有用)한 생활교육(生活敎育)도 받고, 배운 지식(知識)을 사회에서 활용하는 적응교육(適應敎育)도 받고 있습니다. 얼마나 다행(多幸)스럽고 고마운지 모르겠습니다.

이 분들이 재학(在學)하고 있는 양원초등학교·양원주부학교·일성여자중고등학교 학생들이 학교생활과 사회생활에서 체험(體驗)한 순박(淳朴)하고 진솔(眞率)한 외침을 모아서 '빛을 향(向)하여' 28권 〈꿈, 날아오르다〉를 펴내게 되었습니다.

이 책(冊)이 같은 처지(處地)의 사람들에게는 용기(勇氣)와 희망(希望)을, 그 외(外)의 사람들에게는 열심(熱心)히 살아가는 이들의 성실(誠實)한 모습(模襲)에서 자신(自身)들의 입장(立場)이나 처지를 되돌아보는 계기(契機)가 되었으면 하는 바람입니다.

사람이 배우지 아니하면 캄캄한 밤길을 가는 것과 같고, 열심히 배우면 밝은 태양(太陽)이 빛을 비추는 대낮을 걷는 것과 같습니다.

뜻이 있는 분들은 망설이지 말고 용기를 내어 평생교육 열차(列車)에 동승(同乘)하셔서 광명(光明)의 빛을 향해 출발(出發)해 주실 것을 부탁드립니다.

끝으로 이 책이 나오기까지 원고(原稿)를 모아 정리(整理)하느라 많은 수고를 해 준 김인숙, 강길화, 백수진, 백순애, 임정희, 고예곤, 이정효, 천경아, 이상임 선생님과 교직원(教職員) 여러분에게도 감사(感謝)의 말씀을 드립니다.

2015년 10월

일성 · 양원학교장 이선재

문학이 지나는 골목

홍금자 | 시인
한국문협 평생교육원 교수

염리동 언덕배기
날마다 시의 꽃을 피우는 집이 있다

때로는 안개가 끼고 가랑비 내리고
세찬 바람과 눈보라 몰아쳐도
여기 죽순처럼 쑥쑥 키가 크는
진리의 알갱이들이 보석처럼 자란다

늘 바닥난 지갑 속의 동전처럼
서걱이는 소리 들리기도 하지만
이곳은 배움의 뜨거운 용광로
열정의 광맥, 진리의 보고

꿈은 집요하다
포기란 없다

마침내 도달할 그 땅을 위해
고도를 기다리는 사람들

우리들의 문학의 길은 얼마나 왔을까
오늘도 삶의 여정 위에
즈믄 별들이 마구 눈을 뜨고 있다

1부
배우며 꿈꾸며

2부
재미있게 즐겁게 행복하게

3부

아름다운 도전

4부

이젠 웃을 수 있어요

1부

배우며
꿈꾸며

양원은 나의 희망입니다

| 조 금 자 |

양원초등학교에 입학하게 된 것이 확정된 날 나는 복권에 당첨된 것만큼 신이 나서 아무도 없는 방에서 방방 뛰었다. 그렇게 하고 싶었던 공부를 나이 64살이 되어서 시작할 수 있다는 것이 너무도 좋았다. 주변 사람들은 내가 상급학교까지 다닌 줄 알고 있었다. 나는 그것이 속으로는 항상 부담스러웠다.

그런데 이제는 부담스러워 할 필요가 없게 되었다. 이제부터 4년 동안 열심히 공부하여 초등학교를 졸업하고 중학교, 고등학교에 진학을 할 수 있으니까 말이다.

입학식장에는 나처럼 제 때에 공부를 하지 못한 학생들이 가득하였다. 입학생이 이렇게 많을 것이라고는 상상도 못했다. 나보다 더 나이가 많은 학생들도 많이 있어서 내 나이가 아직은 젊은 편이라고 느껴지면서 자신감도 생겼다.

서울 마포구 용강동에서 육남매의 맏이로 태어났기에 부모님은 젊으시고 건강하셔서 나는 유년시절은 비교적 잘 보낸 셈이다. 그러나 아버지께서는 남의 얘기를 너무 잘 들어서 친구 분들이 사업을 같이 하자고만 하면 깊이 생각하지도 않고 하던 사업을 팽개치고 덜컥 시작하여 성공하는 날보다 실패하는 날이 더 많았다.

그 때부터 우리 집안은 날이 갈수록 기울어가기 시작하여 막상 제가 초등학교에 갈 나이에는 학교 문 앞에도 가보지 못하고 19살이 되던 해부터 동네에 있는 봉제공장에 다니기 시작하였다. 그러나 공장도 한 곳을 계속 다닐 수 없어서 계속 다른 공장으로 옮겨 다녔다. 이리저리 옮겨 다니던 중 내 나이 21살 때 지금의 애들 아빠를 만나 결혼을 하게 되었다.

그런데 신혼 초에는 왜 그리 사는 것이 어려웠는지 많은 고생을 하였다. 그러나 지금은 아들 딸 3명을 모두 출가시키고 남편과 둘이서 살고 있어서 양원학교에서 공부하기에 딱 좋은 조건이 되었다. 다행히도 남편이 잘 이해를 해 주어서 행복하게 학교를 다니고 있다.

난생 처음 만난 나의 선생님은 여자선생님이시다. 우리를 많이 이해하여 주시고 친절하셔서 마음 편하게 공부하게 되어 매우 즐겁다. 교실 책상에 앉아 처음 해보는 공부가 참 재미있다. 한글을 자신 있게 읽고 필순에 맞춰 글씨를 예쁘게 쓸 수 있어 흐뭇하다.

교장선생님께도 큰 감사를 드린다. 양원학교 덕분에 이 늦은 나이에도 걱정 없이 공부를 하게 되었으니 양원초등학교에 다니는 기분은 하늘을 나는 것처럼 신나고 매일매일 행복하다.

학교는 병원 선생님은 의사

| 정 양 순 |

어려서 학교를 못 다닌 것이 평생 마음에 응어리가 되었습니다. 내가 학교를 다닐 수 있을 것이라고는 꿈에도 생각을 못했는데 양원초등학교에 들어오게 되니 꿈만 같습니다.

우연히 고향 친구로부터 학교를 소개 받아 아들 며느리에게 말을 했더니 함께 기뻐하며 접수를 해 주었습니다. 그런데 나는 학교에 대한 두려움이 앞서고 걱정이 되었습니다. 친구는 걱정하지 말라고 하면서 학교에 오면 재미있고 행복해진다고 여러 번 나를 안심시켜주었습니다.

드디어 입학식 날, 비가 내리는데 아들이 입학식장까지 태워다 주었습니다. 1학년 3반에 배정된 것을 확인하고 입학식장에 들어갔습니다.

교장선생님께서 우리들에게 늦복이 터졌다고 하시며 "아는 것이 힘이다.", "세상은 아는 만큼 보인다." 라는 등 좋은 말씀으로 내 마음을 감동시켜 주셨습니다.

이제 저는 8살 초등학교 1학년생입니다.

한 자 한 자 가르쳐 주시는 선생님을 따라 배우는 것이 즐겁습니다. 다양한 삶을 살아온 학생들이 모여 서로 의지하고 배려하며 하하 호호 교실에는 항상 웃음꽃이 핍니다.

집에만 있을 때는 허리가 아파서 병원을 날마다 찾아 다녔는데 학교에 다니니 그 아픔도 잊어버리게 되었습니다. 학교가 병원이고 선생님이 의사선생님이십니다.

날마다 감사하며 성실히 학교를 다녀 중학교와 고등학교도 다니려고 합니다.

나는 누가 봐도 멋있고 교양 있는 할머니가 되고 싶습니다.

내 인생의 문을 열다

| 강 현 정 |

안녕하세요?

저는 35세 미혼인 1-8 강현정입니다.

저는 전남 구례 시골 마을에서 태어났습니다.

가정형편이 어려워 먹고 살기가 힘들어 부모님은 저를 학교에 보내지 못했습니다. 오빠와 저는 남매지만 오빠도 중학교를 겨우 마칠 정도로 힘든 삶을 사신 부모님이었습니다. 우리 가족은 생활이 어려워 고모집에 얹혀살았고 고모님의 도움 없이는 살아가기가 어려웠습니다.

공부를 못했으니 은행이나 우체국 가는 일도 망설였고 음식점에서 내가 좋아하는 음식을 골라 주문하기도 어려웠습니다. 그래서 공부를 해야겠다고 결심을 하였으나 마땅히 공부할 곳을 찾기도 힘들었습니다.

공부가 절실하던 차에 오빠가 결혼을 하게 되고 새 언니가 우리 집에 들어왔습니다. 새 언니는 내가 글을 알지 못하는 것을 안타깝게 여기고 공부할 곳을 이곳저곳 알아봐 주었습니다.

그 중에서 성인을 대상으로 공부할 수 있는 양원초등학교를 알게 되었습니다. 많은 교육 기관을 알아보고 연락해보았으나 양원초등학교가 제가 공부하기에 가장 좋겠다고 올케언니가 추천해 주었습니다. 올케 언니와 함께 양원학교에 와서 원서를 접수하고 3월에 입학을 하게 되었습니다. 정말 내게는 꿈만 같았던 학교생활이 시작되었습니다. 너무 즐겁고 행복합니다. 이제 차근차근 열심히 공부하여 꼭 대학공부까지 하려고 합니다. 학교에 오니 나이 차이는 있지만 언니 같고 엄마 같은 급우들 그리고 우리를 위해 애쓰시는 교장선생님과 여러 선생님들이 계셔서 마음도 편안합니다.

나의 꿈이 이루어지는 날까지 꾸준히 공부하고 노력할 것입니다. 양원학교 덕분에 나날이 늘어나는 나의 공부 실력이 마음 뿌듯하며 올케언니가 적극 도와주고 힘써주는 것도 감사합니다. 그리고 까막눈을 뜨게 해주신 교장선생님의 은혜는 평생 잊지 못할 것입니다. 감사합니다.

양원은 내 삶의 은인

| 김복엽 |

저는 어릴 때 집안 사정이 어려워 학교를 못 다녔습니다. 농사짓는 부모님 밑에서 6남매의 셋째 딸로 태어나 집안 살림을 하며 학교를 못 다닌 것에 많은 후회를 하며 살았습니다.

겨우 어깨너머로 숫자와 간단한 한글만 깨우쳐서 익혔습니다. 18살에 서울로 올라왔지만 배우지 못한 나에게는 서울 생활이 너무나 힘들었습니다.

외사촌 오빠 소개로 고기장사를 도매 · 소매업으로 시작하여 30여년 넘는 세월을 억척스럽게 밤낮없이 일을 하였습니다. 열심히 돈을 모아 어머니와 형제들을 도우며 아들 노릇을 하며 살았습니다.

좋은 사람을 만나 결혼도 하여 3남매를 두었고 아이들 모두 건강하게 잘 자라 결혼도 하고 자기들 일을 하니, 예전에 못했던 공부가 하고 싶었습니다.

복지관을 찾아다니며 공부에 대한 한을 풀려고 하고 있을 때, 양원학교 6학년에 다니는 둘째언니가 학교를 소개해 주어 입학을 하였습니다. 기쁜 마음으로 올해 3월에 입학하여 우리 반의 급장으로 학생들과 잘 어울려 공부하고 있습니다.

조금씩 글을 읽고 쓸 수 있게 되자 자신감이 생겨서 어디를 가도 두렵지 않습니다. 편지와 일기도 쓸 수 있습니다. 이제 양원학교는 내 삶의 은인이 되었습니다.

앞으로 어디서든지 양원학교를 자랑하여 사람들에게 꿈과 희망을 나눠 주는 사람이 되겠습니다.

우리 같은 늦깎이 학생들에게 공부할 수 있게 해 주신 교장선생님께 큰 감사를 드립니다. 양원학교를 다닌 후부터는 눈을 뜨고 새 세상을 사는 기분입니다. 그리고 학교에 다닐 수 있도록 여러 가지로 옆에서 배려해 주는 남편에게 참 고맙고 감사합니다. 건강이 허락하는 한 중학교, 고등학교도 계속 공부할 것입니다. 앞으로 더욱 열심히 배워 멋진 내 앞날의 주인공이 되겠습니다.

양원에서의 첫 발걸음
| 김 점 임 |

　지난 2월 말 양원주부학교에 처음 왔다. 방송에선 봤지만 직접 와 본 것은 처음이었다. 그날은 많은 학생들의 예비소집이 있는 날이었다. 조금은 어수선하여 상담을 받을까 망설이다 접수는 못하고 되돌아 집으로 향했다. 오랜 시간 공부를 하지 못한 마음에 용기가 나지 않았다. 그러나 저녁에 누워 생각하고 또 생각해 보니 다시 접수해야겠다는 마음이 앞섰고 이번 기회에 안하면 다시 못할 것 같은 느낌이 들어 식구들에게 이번 기회에 공부했으면 한다고 하니 마음 편하게 먹고 하라며 모두들 응원해 주었다. 남편의

　"그래 잘 했어, 공부 안 된다고 스트레스 받지 말고 공부를 즐기면서 해."

　라는 말 한 마디가 더욱 힘이 되었다.

　늦었다고 할 때가 가장 빠른 거라고, 중학교 때 과학 선생님이 칠

판에 적어주셨던 글귀가 잊혀지지 않는다.

3월 2일 접수를 하면서 입학을 했다. 고맙기도 하고 단 한 번도 학교생활, 특히 고등학교 얘기는 못하며 지낸 시간, 이제야 털어놓고 여고생이 되고 싶다고 말하니 이해해주는 나의 남편에게 앞으로 집안일 도움이 필요하다고 하니 당연히 함께 하자고 했다.

그 후 나의 남편도 영어회화 책을 사왔다. 내가 공부하니 남편도 영어 공부를 해야겠다며 서점에서 책을 사와서 보여주었다. 우리도 남들처럼 공부하는 부부가 될 수 있을지 앞으로의 모습이 궁금하다.

입학식! 내일이면 기다려지는 입학식이라 잠이 오지 않았다. 설레는 이 마음을 어찌 할 수 있겠는가! 입학식에 참석하니 마포아트센터 강당에 정말 많은 학생들이 모여 있었다. 나 혼자 못 배워서 가슴앓이를 하고 살았다고 했는데 천여 명의 학생이 공부하겠다고 강당에 모인 모습에 정말 잘한 선택이라고 생각하게 되었다. 콩나무 시루에 물을 부으면 밑으로 흘러 내려가지만 콩나물은 크고 자란다는 말씀, 오늘 배우고 돌아서면 잊어버리겠지만 자꾸 자꾸 들으면 된다는 말씀, 입학식 내내 마음에 와 닿는 교장선생님 말씀, 선배들의 경험들이 많은 도움이 되었고 무슨 일이 있어도 포기하지 않고 열심히 다녀야 되겠다는 다짐을 해 본다. 졸업 할 때면 내 자신에게 대견하고 기특하며 스스로를 칭찬할 수 있는 날이 오리라고 다짐한다. 여러 선생님의 말씀을 듣고 '그래, 해보는 거야.' 주먹 쥐고 '난 할 수 있어.'라고 다짐하고 또 다짐한다.

살다보면 열매는 맺을 것이며 그날을 기다리며 오늘도 파이팅하며
책가방을 챙긴다.

사랑의 선물

| 박 성 숙 |

양원에 들어 온지 어언 1년이 지나 이제 중학생이 아닌 고등학생이 되어 입학소감문을 쓰려하니 감회가 새롭다.

두렵고 떨리던 그 때의 내 모습. 가방을 메고 이대역에서 학교까지 오는 길은 모두 아줌마들로 꽉 차 있어 창피함을 감출 수가 없었다. 그런데 지금은 그런 모습은 온데간데없고 이처럼 당당해져 있다. 이제 양원인으로 우뚝 서 있는 기분이다.

작년 중학교 첫 국어 시간에 참석을 못 했는데 짝꿍이 윤동주의 '새로운 길'을 외워 오는 것이 숙제라 해서 열심히 외웠다.

그리고 '만학의 길'이란 제목으로 패러디해서 글도 썼다.

만학의 길

마을버스 타고 전철 타고
환승하고 걸어서
어제도 가고 내일도 갈
나의 길 즐거운 길

개나리 피고 바람이 불고
봄이 나를 유혹해도
나의 길은 언제나 즐거운 길

오늘도 내일도
마을버스 타고 전철 타고
환승하고 걸어서

　이 글을 써서 국어시간에 '새로운 길'과 함께 발표했다. 국어선생님이 학교 게시판에 내 글을 올려 주시는 바람에 반에서 나는 글 잘 쓰는 사람으로 주목까지 받게 되었다.

　그 계기로 스승의 날 행사로 담임선생님께 편지 쓰는 것을 내가 대표로 하게 되었고, 또 시화전에 내 작품이 전시되었다. 그림이라고는 새 한 마리도 제대로 못 그리는 내가 글을 쓰고 몇 번이나 다시 그리며 그림 작업을 하였다. 시화전에 내 작품을 전시하고 급우들과 아들들의 축하를 받는 새로운 경험을 하게 되었다.

　하절기 입학식에서는 축시 낭송의 영광도 가졌다. 또한 처음엔 그림처럼 그리던 한자를 익혀 처음 한자읽기 6급 시험을 밤낮으로 준비하면서 매달렸다. 합격까지의 과정을 학교 게시판에 '한자 6급 도전기'란 글을 써 올리면서까지 기뻐했었다.

돌이켜 생각해보면 정말 나의 어린 시절 어머니한테 늘 듣는 말이 공부 못 한다는 말이었다. 나 스스로도 나는 공부 못하는 아이였다. 그래서 중학교 안 보내주는 부모님한테 말 한마디 못하고 부끄럽게 죄인 아닌 죄인으로 늘 웅크려있는 기분이었다. 어렵고 힘든 시절 다 보내고 쌍둥이 아들 공부까지 다 마치고 이만하면 잘 살았다고 하는 시기에 인생의 소낙비를 만났다.

나는 그 비를 피할 처마 밑이 필요했고 그것이 양원이 되어 주었다. 하루에 통학거리 4시간 20분, 수업시간보다 더 긴 통학시간으로 체력적으로는 힘들었는데 학교만 오면 웃을 일이 있었고 무엇보다 재미있었다. 그 동안 나의 공부하는 모습을 지켜보던 남편이 참 신기해 했다. 어떻게 저 나이에 저렇게 할 수 있을까 하며 학비를 따로 못 내 주는 것을 안타까워하는 듯 했다.

못내 마음에 걸렸는지 1년 동안 학비가 얼마나 들어 가냐고 묻기에 "왜, 누구 소개 하려고?" 했더니 "아니, 그냥 궁금해서."하더니 통장으로 이백만 원을 보내왔다.

'아! 이 돈을 만들려고 어디서 알바를 했겠구나!' 싶으니 참으로 눈물나게 고마웠다. 그 동안 아들도 카드 하나를 건네주며 차비하라 했었는데 이렇게 두루두루 사랑의 선물을 먹으며 나의 여고 시절은 또 다시 시작되었다.

교장선생님은 상장 하나, 임명장 하나도 그냥 주시는 법이 없다. 꼭 당부의 말씀과 스스로 자존감을 갖게끔 훈시를 하신다. 양원은 고집스럽게 밀고 나가시는 교장선생님을 비롯하여, 그 뜻을 따르시는 선생님들과 함께 우리가 아름다운 내일의 꿈을 꾸는 곳이다.

당당한 나를 꿈꾼다

| 김근자 |

3월 4일은 우리 양원학교 입학식 날이었습니다.

저는 작년 3월 말에 조금 늦게 학교에 들어왔습니다. 그때는 입학식이 끝난 뒤라 입학식에 참석하지 못했는데 올해 입학식에 참석해 보니 감회가 새로웠습니다. 저와 같은 사람들이 이렇게 많다는 것에 새삼 놀랐습니다.

저는 어린 시절 충청북도에서 태어났습니다. 제가 어릴 적엔 왜 그리 가난하였는지……. 정말 쌀밥 한 번 실컷 먹는 것이 소원이었습니다. 그 때는 정말 어려운 시절이었습니다.

저는 초등학교에 입학해서 4학년 쯤 다니다가 동생 돌보느라고 학업을 중단했습니다. 몇 년 동안 동생을 돌보던 저는 가난이 싫어 돈을 벌어야겠다고 17세 되던 해에 서울로 와서 공장을 다니며 돈을 벌어 부쳐 주곤 하다가 남동생이 공부를 잘해 중학교, 고등학교 까지 학비를 대주었습니다. 그리고 대학을 간다고 할 무렵 저도 혼기가 차 결혼을 하게 되었습니다. 지금의 남편을 만나 결혼을 하고 남매를 두었습니다. 아이들도 모두 성장하여 대학도 보내고 결혼시키고서야 제 삶을 돌아볼 수 있었습니다.

저는 아이들 초등학교 다닐 때 가족 관계를 써오라고 할 때가 제일 힘들고 부끄러웠습니다. 떳떳하지 못한 제 학력 때문에 창피하였습니다. 사람들 앞에 나설 수도 없었습니다. 그래서 항상 배움에 대한 갈망이 있었습니다. 혼자 집에서 공부를 하려고 해도 잘 되질 않던 어느 날 양원에 다니시는 분의 소개로 학교에 오게 되었지요.

꿈에도 생각 못했는데 남편도 적극 찬성했습니다. 그래서 공부하기로 마음먹고 정말 작년 한 해 동안 열심히 했지요. 선생님의 권유로 한문읽기 시험에 도전해서 5급까지 합격하여 뜻 깊은 한 해를 보냈습니다. 그 외에도 좋은 일이 많았습니다.

앞으로도 열심히 해서 꼭 중 · 고 · 대학까지도 가는 것이 제 꿈입니다. 꼭 열심히 해서 남들 앞에서 떳떳하게 나설 수 있는 당당한 사람이 되고 싶습니다.

우리 양원주부학교 이선재 교장 선생님을 비롯한 모든 과목 선생님께도 깊이 감사드립니다.

다시 보이는 인생

| 문 철 순 |

　양원주부학교에 와서 공부를 시작한지도 벌써 1년이 지나고 새 학년을 맞이하여 5학년이 되었다.

　2014년 3월 5일 입학식을 하던 날 교장선생님께서 말씀하셨다. 아무것도 몰라도 꾸준히 학교에 나오기만 하면 된다고 말씀하셨다. 그리고 콩나물시루에 대하여 말씀하셨다. 콩나물시루에서 물은 빠져나가지만 콩나물은 잘 자란다고 말씀을 해 주셨다.

　나는 1년 동안 결석하지 않고 열심히 학교에 와서 여러 선생님의 가르침에 따라 열심히 공부를 하였더니 세상을 바라보는 눈이 달라졌다. 보이지 않았던 것들이 보이기 시작하였다.

　나의 어린 시절 그 시대에는 한반도 우리나라는 너무나 가난하였다. 나는 경상남도 어느 시골 마을에서 태어나서 초등학교 2학년을 마치고 3학년이 되던 해 친정아버지는 모든 재산을 정리하여 대구 대

도시로 이사하였다. 아버지는 광산 사업을 하신다고 객지로만 다니시고 집에 있는 가족들은 밥을 먹는지 국을 먹는지 모르셨다. 아버지는 오직 광산 사업에만 온갖 정성을 다 쏟으시다 돈은커녕 몸만 상하여 집으로 돌아오셨다.

엄마가 말씀하셨다. 남동생을 학교에 다니게 해야겠다고. 사내아이가 학교 공부를 못하면 장가가서 가정을 돌볼 수 없다고. 그래서 여동생과 나는 학교를 다니지 못하게 되었다.

세월이 흘러 어느 덧 결혼할 나이가 되어 우리 외갓집 마을에 사는 사람과 결혼하여 서울로 올라왔다. 우리 부부는 동네 낙찰계에 들고 열심히 저축하여 7년 만에 집도 장만하였다.

아이들 삼남매는 무럭무럭 자라서 학교 공부도 충실하게 하더니 첫째는 대학교 졸업과 동시에 대기업에 입사하였고 지금은 자신의 꿈을 실현해 나가고 있다.

나는 이제 여한이 없다. 딸아이는 피아노 선생, 셋째 아들은 본인 사업으로 생활해 가고 있다.

눈을 뜨고 있어서 모든 만물을 보고 듣고 살아왔지만 정작 글씨를 보면 무슨 뜻인지 알지 못해 두려운 마음만 가득 찼다. 내가 글자를 깨우치고 보니 얼마나 무지하게 살았는지를 깨달았다. 그러자 남편과 자식들은 나와 말이 통하지 아니하여서 얼마나 답답하였을까하는 생각이 들었다.

아직은 부족하고 배워야 할 것이 많지만 끊임없이 노력하고 익혀서 이전에 깨닫지 못했던 이치를 깨달아 가고 싶다.

행복한 시간

| 김 현 숙 |

저는 어린 시절 학교에 다니지 못했습니다. 아버지는 군인이었는데 제대를 하고 늘 집에 있었고 엄마는 친 엄마가 아니었습니다. 엄마가 남동생 둘을 낳았습니다. 엄마는 시장에 나가서 장사를 시작했습니다. 고춧가루도 절구를 놓고 찧어서 팔고 또 나중에는 생선도 팔았습니다.

아버지는 생활능력이 없었습니다. 저도 동생들도 학교를 다닌 기억이 없습니다. 아버지는 술을 많이 드셨습니다. 그러다 아버지는 병을 얻어 일찍 돌아가셨습니다.

동생들이 어렸는데 어느 날 엄마가 집을 나갔습니다. 저는 작은 아버지집으로 갔고 동생들은 어느 집으로 갔는지 생각이 잘 나질 않습니다.

저는 작은집에서 커서 결혼을 했습니다. 아이들을 낳아 키우고 남편과 열심히 살았습니다. 공부나 학교는 생각도 못했습니다.

아이들이 다 크고 대학도 나오고 이제 결혼도 했습니다. 남편이 2007년도에 세상을 떠나고 손녀 손자들이 태어나고 이제 그 손주들이 학교에 들어갔습니다.

그리고 2014년 8월 저도 양원주부학교에서 초등학교 공부를 시작해서 학교를 다니고 있습니다. 저에게도 이런 행복한 시간이 찾아와서 열심히 공부를 하고 있습니다. 이런 행운이 또 있겠습니까. 열심히 해서 내년에는 중학교에 가고 싶습니다. 교장선생님과 모든 선생님께 감사를 드립니다.

당당한 나

| 연 임 숙 |

여덟 살 때에는 학교를 먼 곳에 배정받아 다음 해에 서대문에 있는 금화초등학교에 입학하게 되었다. 3학년 1학기 다니고 나서 여름방학 중 교통사고로 인해 오랜 세월 고통 속에 살았다. 회복하기 위해 지방에 살고 있는 언니네로 가 몇 년 동안 있게 되었고 차에 대한 두려움에 바깥출입도 할 수 없었다.

오랜 세월 학교를 다니지 못하고 있다 보니 학교를 꼭 가야 된다는 생각조차 못했고 가기 싫었다. 어른들도 꼭 배워야 한다고 강조하거나 설득하는 일이 없었기에 그렇게 무의미하게 세월이 흘렀다.

그때 나는 내가 오랫동안 학교를 못 다녔기에 공부하기에 너무 늦었다고 생각했고 다시 시작 하는 건 안 되는 줄 알았다. 또 검정고시가 있다는 사실도 몰랐었다. 그래서 공부는 일찍 포기를 했었다. 모든 것이 다 무지에서 온 결과라 생각된다.

그렇게 허송세월을 보내고 몇 년 뒤 집으로 와 보니 동네친구들은 중학교 졸업을 앞두고 있었다. 친구들이 책가방을 들고 가는 모습에 가슴이 너무 아팠다.

사계절에 맞게 모든 옷을 다 입을 수 있었으나 딱 한 벌 교복을 입고 싶어도 입을 수가 없어서 교복을 입은 학생을 볼 때마다 눈물을 많이 흘렸다. 교복은 영원히 못 입어보고 내 생을 마치게 된다는 것이 한으로 남을 것 같았다.

시집을 와서도 장손 며느리에 대가족을 챙기면서도 항상 머릿속에서는 공부하고 싶다는 마음은 버릴 수가 없었다. 아이들을 최고 학부까지 보내며 대리만족하리라 생각했었다.

하지만 시간이 지나도 그 허전한 마음을 채울 수가 없었다. 뉴스에서 양원학교에 대한 방송을 보고 어떤 학교인지는 알고 있었지만 건강 이상으로 계속 미루어오다가 요번에 결심해서 다니게 되어 행복하다.

늦게 시작을 했지만 꼭 고등학교까지 졸업해서 남편과 자식들한테 당당한 모습으로 서고 싶다. 지금은 고등학교 졸업하는 모습을 자식들한테 보여주는 것이 내 꿈이다. 끝까지 노력하는 학생이 될 것이다.

나의 꿈을 향하여

| 성 숙 희 |

　오늘은 초등학교 졸업식, 중학교 입학식을 마치고 처음으로 중학생이 되어 등교하는 날이다. 마음이 설레어 학교에 일찍 갔다. 반배정이 적힌 벽보판을 보니 나는 1학년 1반이었다. 교실에 들어서니 많은 학생들이 보였다. 그런데 낯익은 학생이 없었다.

　물어보니 오전반 학생이라고 했다. 다시 나와 교실 밖에서 기다리다가 오전반이 끝나고 난 뒤 제일 먼저 들어갔다.

　내가 중학생이 되어 처음 교실에 들어선 것이다. 가슴이 너무 벅찼다. 조금 있으니 낯익은 우리 반 학생들이 들어왔다. 저마다 얼굴들이 상기되어 있는 것을 보니 나처럼 설레고 부푼 마음인 것 같았다. 그렇게 꿈에도 그리던 중학 생활이 시작되었다. 초등 때보다는 10대부터 80대까지 많고 다양한 반 친구들이 생겼다. 이제 나는 중학생이 되어 각오도 달라져야 할 것 같다.

아직은 책을 받지 않아 무엇을 배우는지 잘 모르지만 영어 시간과 수학 시간에 사용하는 용어부터 다르다. 이제는 정말 더 열심히 선생님들의 말씀을 귀담아 들어야 될 것 같다.

내 나이 칠십. 전에는 들어도 무슨 말인지 몰랐는데 이제는 선생님 말씀이 조금씩 귀에 들어오는 것 같다. 이제 학교에 다니지 않는 친구들이 어디 가느냐고 물으면

"나, 중학교에 다닌다."

라고 당당하게 말한다.

내가 초등학교도 졸업하지 못했을 때에는 초등학교 나온 친구한테 주눅이 들었었다. 하지만 내가 중학교를 졸업하면 친구는 초등학교 졸업생이고 나는 중학교 졸업생이 된다. 옛 친구한테도 이제 당당한 내가 될 것이다.

나는 즐거운 마음으로 제2의 인생을 멋지게 펼쳐 나가고 싶다. 그러기 위해 선생님들의 가르침을 열심히 배우고 친구들과 학교생활도 열심히 하면서 꿈을 만들어 갈 것이다.

교실 문 밖에서 교장 선생님을 뵙고 인사를 했다.

"안녕하세요?"

그랬더니 화창한 날씨와 함께 밝게 웃어주시는 교장 선생님의 표정도 너무 화창해서 '그래, 기쁘지? 열심히 해 봐.' 하고 격려를 해 주시는 것 같았다. 너무 기분이 좋았다.

"네, 감사합니다. 선생님의 가르침대로 꿈을 이루기 위해 열심히 하겠습니다."

참된 나를 찾기 위해

| 박춘옥 |

음력 12월 말일이 생일인 나는 하루 차로 출생 신고가 늦어져 2살이나 줄었다. 61년. 국민학교 입학 통지서가 오지 않았다. 옆집 친구가 학교에 가는데 나는 학교 안 보내 주냐고 졸라 나 혼자 스스로 입학을 했다. 충남 예산군의 작은 촌동네 초등학교였다. 우리 부모님은 사는 게 바빠서였을까? 아니면 양반의 남아 선호사상이 있어서였을까? 딸아이의 배움에 무관심했다.

그 당시 아버지는 서당의 훈장님이셨다. 아버지는 집에는 먹고 살 양식이 없어도 하늘 천(天)만 하고 계셨다. 그리고 엄마는 늘 심장이 좋지 않아 누워서 주무시는 것을 한 번도 보지 못했다.

오빠들은 많고 잔병치레하는 엄마에 어린 동생들이 둘이나 있으니 내가 중학교를 간다는 것은 더욱 어려운 일이 되었다.

집에 할 일 없이 놀고 있으면 건너편 길에서는 교복을 입고 학교 가는 친구들의 웃음 소리와 이야기 소리가 재잘재잘 시끄럽게 들렸다.

"아, 저 교복 한 번 입고 싶다."

그 친구들을 빤히 쳐다보고 있는 이런 나를 보며 엄마는 늘 마음 아파하셨지만 아무것도 해 줄 수 없는 현실은 바꿀 수가 없었다.

원망하는 마음만 쌓여 가던 나는 차라리 둘째 오빠가 있는 공장에 다니기 위하여 서울로 상경하였다. 오빠는 친척이 하고 있는 공장의 공장장으로 일하고 있었지만 말이 공장장이지 얼마나 많은 고생을 하는지 마음이 너무 아팠다.

한 달 월급이, 먹고 자고 500원이었던 직장에 다니던 나는 겨우 열일곱 살에 불과했다. 그 곳에서 일하며 하루하루 지내다 보니 배움의 길은 멀어져만 갔다.

그러다 25세에 지금의 남편을 만나 결혼해 딸 둘 낳고 살면서 많은 일들이 있었다. 큰 딸을 낳고 돈이 없어 딸마저 대학을 못 보낼까 얼마나 노심초사하였던지……

어느 덧 두 딸을 대학에 보내고 출가까지 시키고 나니 마음 한편에 묻어 두었던 공부가 너무나 하고 싶었다.

마침 같은 교회에 다니고 있던 친구가 양원주부학교에 다니는 것을 보고 용기를 내어 따라 나섰다. 두근거리는 마음으로 입학식에 와서 얼마나 깜짝 놀랐는지 모른다.

나와 같은 처지에 있는 사람들이 이렇게도 많았는지 미처 몰랐다. 그 사실이 위로가 되기도 하고 용기를 주기도 했다

너무나 오랫동안 공부를 하지 않아서인지 머리가 따라 주지 않아

힘들지만 하루하루 한자 한자 배워가는 재미며, 십대 소녀처럼 재잘
거리는 친구들.

　이 모든 것들이 꿈만 같다.

입학을 하면서

| 정 경 희 |

양원주부학교에 입학을 하면서 나는 참 행복했다.

50여 년 전 나는 중학교 시험에 합격을 했었다. 그런데 위로 세 살 터울의 오빠가 고등학교를 가고 밑에 동생들이 줄줄이 네 명이나 되니 아이들 모두 다 학교에 보내기가 쉽지 않았던 부모님 마음을 헤아려 나는 집안일을 돕다가 결혼을 했다.

부모님의 마음을 이해하면서도 어린 시절 아침마다 기차가 오는 시간이 되면 주눅이 들고 속이 상했다. 우리 동네는 중·고등학교는 기차를 타고 학교에 다녔기 때문에 마을 입구에 있는 우리 집 앞을 동네 아이들이 한꺼번에 지나다녔다. 그 친구들을 날마다 보면서 살아야 했다. 아무리 친구들을 부러워하고 샘도 내고 속이 상해도 나의 현실은 어쩔 수 없었다.

결혼하여 살면서 글씨 쓰는 일이 있을 때마다 마음이 움츠려 들었다. 아이들 학교에서 보내오는 통지문에 학부모 학력란을 대할 때마다 속이 상해서 많이 울었다. 남들처럼 예쁘게 글씨도 못쓰고 영어 한자도 모르는 마음은 늘 내 인생에 족쇄였다.

십수 년 전 TV를 통해서 양원주부학교를 알게 되었다. 그 때 나는 결심을 하게 되었다. 저 학교를 가야겠다고.

그런데 둘째 딸이 장애가 있어 학교를 데리고 다녀야 했다. 14년을 데리고 다니면서 졸업을 시켰다. 그리고는 이제 내 시간이 날까 했는데 집안 형편이 어려워졌다. 먹고 사는 일이 우선 급했다. 먹고 사는 일에 매여 살다 보니 또 시간이 훌쩍 지났다. 내 나이 육십. 먹고 사는 일을 뒤로 하고 공부부터 해야겠다고 생각하고 남편에게 학교에 가겠다고 말을 했다. 남편이 흔쾌히 허락을 해 줬다.

조금 늦은 나이지만 공부해서 청소년 상담 일을 하고 싶다. 요즘 어린 아이들이 많이 방황하고 있다는 것과 학교 폭력 소식을 들을 때마다 마음이 아프다. 어른들은 먹고 살기 바쁘고 아이들은 공부에 시달리고, 부모의 이혼으로 혹은 또 다른 이유로 모두가 살아가느라 힘겹다. 나는 힘들어 하는 아이들을 보듬어 주고 싶다. 내 어릴 때를 생각해서.

열심히 배우고 익혀서 상담사 자격증을 취득해서 너무 일찍 자신을 아무렇게나 내버리는 아이들이 적어지도록, 그 아이들이 사회의 일원으로 한몫을 다하며 아름다운 삶을 살아갈 수 있게 손을 잡아주고 싶다. 나도 배운 것에 감사하여 누군가에게 도움이 되는 삶을 살기를 희망한다.

기다리던 내 인생의 봄

| 김 정 혜 |

봄에 중학교 2학년 과정을 마치고 난 후 다시 3학년 공부를 시작했습니다.

혹독한 겨울을 보내고 맞이하는 봄처럼 내 인생에도 봄이 찾아온 느낌이었습니다. 짧기 때문에 더욱 찬란한 봄. 봄은 기다림이자 그리움입니다.

지금 내 인생에 새 봄이 찾아왔습니다. 배우지 못했다는 자격지심과 남 앞에서 왠지 모르게 주눅이 들어 움츠리던 겨울 같은 시간이 지나갔습니다. 만개하는 꽃처럼 꿈을 펼칠 수 있는 기다리던 봄이 왔습니다. 내 마음 깊은 곳에서 새싹이 움터 지금보다 더 나은 내일을 소망하는 새 봄이 왔습니다.

조금은 쑥스럽지만 부급장도 맡게 되었습니다. 고등부로 가려다 미숙한 점이 많아 내려앉았는데, 아랫반과는 달리 왕언니들이 많아 잘 할 수 있을까 걱정이 밀려 왔습니다. 하지만 저의 걱정과는 달리 왕언니들의 도움으로 반을 더 활기차게 만들어 갈 수 있었습니다.

특히 양원노래자랑대회를 할 때가 기억에 남습니다. 제가 반대표로 뽑혔는데 무릎수술을 한지 얼마 되지 않아서 춤을 출 수 없었습니다. 걱정만 하고 있는 제 모습을 보고 왕언니들이 나서서 제 노래에 맞추어 춤을 추어주었습니다. 다행히 모두 잘 도와주셔서 무사히 대회를 마칠 수 있었습니다. 이렇게 우리 반은 단결이 잘 되는 명품반이 되었습니다.

또 올해는 그 무엇보다 우리 학교가 중학교 과정이 인정되어 검정고시 없이 졸업장을 받는다는 사실이 가슴 벅찬 일입니다. 친구에게도 이제는 자신 있게 권해줄 수가 있습니다.

자꾸 잊어버리는 시기가 찾아오지만 난 지금 열심히 노력 중에 있습니다. 선생님 말씀을 하나하나 잊어버리지 않으려고요. 그래서 고등과정도 마치고 대학도 가려합니다. 꿈이 이루어지는 날이 올 때까지 열심히 노력하겠습니다.

좋은 결과를 내기 위해 오늘도 열심히 지식과 지혜의 꽃을 피우고 있습니다. 이 봄을 마음껏 즐기고 사랑하려 합니다.

새 학년이 된 마음

| 노 정 순 |

마음 속 깊은 데서 잠자고 있던 배우고 싶음을 일깨워 양원주부학교 배움의 문을 열고 들어온지 어언 4년째 접어들었습니다. 지난 2년 동안 중학교 공부를 해 저는 이미 양원주부학교 중학과정을 졸업했습니다.

그런데 다시 중학교 3학년을 1년 더 배우면 2016년에 교육부에서 정식으로 인정하는 졸업장을 준다고 해서 올해 중학교 공부를 한 번 더 하기로 하였습니다. 나도 중학교 졸업장을 받을 수 있다고 하니 기쁘고 즐겁다 못해 머리가 하얗게 되는 것 같은 이 마음을 어떻게 표현해야 할지 모르겠습니다.

늘 눈을 감고 살아 가는 듯한 마음, 늘 터널 속에 갇혀있는 것처럼 캄캄하고 답답했던 가슴 속이 양원주부학교에 입학하면서 바뀌었습니다.

2012년 3월 하순에 입학하여 초등학교 5, 6학년 과정을 졸업하고 중학생이 되어 발걸음도 가볍게 힘든 줄도 모르고 학교에 왔습니다. 우리 학교는 꿈을 피울 수 있는 곳이라고 생각하며 학교에 도착하면 같은 반 학우들과 굿모닝 인사하며 하루를 시작합니다. 같은 처지라서 더욱 반갑고 더욱 정성스러운 학우들을 만나면 마치 천진난만했던 15세, 16세의 소녀로 되돌아가는 것 같습니다.

모든 근심 걱정, 모든 잡념을 잊고 그저 머릿속에는 머물지 않을지언정 각 과목의 선생님들께서 가르쳐 주심에 감사하며 열심히 듣고 배웠습니다. 그렇게 생각하며 학교에 나온 것이 엊그제인 것 같은데 벌써 중학교 3학년이 되었다는 것이 실감이 나지를 않습니다.

저의 인생은 저물어가고 있지만 초연히 중학생의 마지막 단계라고 생각하니 실감이 나지를 않습니다. 인생이 무르익어가는 시기에 중학생의 생활은 다시는 오지 않을 것입니다. 사랑하며 정답게 소담을 나누던 벗들과 중학생 과정이 지나 가는 것이 아쉽기만 합니다. 잡고 싶어도 잡을 수 없는 세월을 탓해야 되나요. 필연코 세월도 시간 탓도 아니겠지요. 중학교 3학년을 다시금 시작하니 기쁘기도 하고 서글프기도 합니다.

무작정 흘러가는 세월이 야속하고 잡혀만 준다면 잡아도 보겠지만 흘러가는 세월 앞에서는 가슴이 시린 것인지 저린 것인지 기쁨보다 허전하고 쓸쓸함이 더 커집니다.

누가 그랬던가요. 젊음보다 황혼 길이 더욱 찬란하고 빛나는 황혼 열차라고요. 황혼을 더욱 뜻 깊게 살아가겠습니다.

설레는 입학식

|송명실|

  설레는 마음으로 양원주부학교 입학식에 참석했습니다. 너무 너무
기뻤습니다. 말할 수 없이 기뻤습니다. 아이들 셋 기르다보니 나 자
신은 잃어버리고 오직 가정을 위해 살았습니다.

  아이들 다 크고 나니 할 일이 없어져 내 인생 너무 허무했습니다.
그러다 이제라도 공부를 해볼까 하는 마음이 생겼습니다. 두려움도
있었습니다. 가족들한테 도움을 청했습니다. 이제라도 공부하겠다
고 하니 모두 찬성해 주었습니다. 두 딸들은 이제 집 안 일은 다 잊고
엄마 인생 찾아 행복했으면 좋을 것 같다고 격려를 해주었습니다. 늦
둥이 아들이 제일 좋아했습니다.

  연필과 필통까지 사다주면서, "엄마 열심히 하셔서 대학도 도전해
보세요." 하고 격려해주는 말에 용기를 내게 되었습니다. 내게도 공
부를 할 수 있는 날이 오는구나 하는 기쁨에 잠도 설치면서 입학하기

만을 기다렸습니다.

공부는 항상 내 가슴속 한구석 비어있는 공간이었습니다. 그 어떤 것으로도 채워지지 않는 그 공간을 채우려 합니다. 삼남매의 엄마로 열심히 살아왔듯이 이제는 나 자신을 위해 당당하고 자신 있는 모습으로 앞으로 나아갈 수 있도록 열심히 공부하려 합니다. 저를 응원해주는 가족들이 있어서 행복합니다. 가족들이 실망하지 않도록 최선을 다해 열심히 공부해서 좋은 열매 맺을 수 있도록 노력하겠습니다. 이제 제 새로운 인생을 양원주부학교에서 찾으려 합니다. 우리 가족 모두 사랑합니다.

희망을 꿈꾸며

| 신 정 아 |

2015년은 나에게 특별한 해이다.

열네 살에 초등학교를 졸업하고 한 달 만에 서울에 올라와 45년 만에 양원중학교에 입학을 하고 나니 마치 대학생이라도 된 것 마냥 기분도 들뜨고 많이 설렌다. 늦은 나이인데 내가 할 수 있을까 하는 생각도 했었다.

중학교도 못 나와서 세상살이가 답답했는데 더 힘들었던 분들을 보면서 마음이 아팠다. 특히 90세에 초등학교에 오신 분을 보고 감동을 받았고, 그 분으로 인해 위안이 되고 용기와 희망을 가지게 되었다.

10월에 등록을 마치고 몇 달 기다리는 동안 그 옛날 열네 살 시절이 자꾸 생각난다. 열네 살에 아버지 생신이라 시골에 오신 고모가 중학교 안 갔으면 서울구경이나 가자며 내 손을 붙잡고 이끌어 주셨다. 그래서 고모님이 새삼 고마워서 설 명절에는 찾아가 뵈었다.

아프신 고모한테, "나 중학교 가요." 하니까 웃으신다. 중학교 졸업장만 있으면 전매청에 취직시켜 주신다던 이모님도 생각난다. 입학을 앞두니 내 마음이 그 시절로 되돌아가 많은 추억도 생각나고 친구들이 교복입고 학교 갔다 오는 걸 보면 눈물 흘리셨다는 엄마도 생각이 난다.

나는 일찍 서울에서 가장이 되어 직장 생활하면서 남동생들 공부를 시키며 살았다. 사회생활을 일찍 한 덕분인지 결혼생활도 일찍 시작해 홀시어머니를 모시고 시누이, 시동생까지 돌봤다. 내 인생에서 20대가 가장 힘들었다.

오래 모시던 시모님이 연로하시다며 시누이들이 모셔갔고 때 마침 시골 부모님께서 딸들을 못 가르쳤다고 돈을 조금씩 주시었다. 자연스럽게 친구한테 양원주부학교 이야기도 듣게 되었는데 '기회는 이때다.'라는 생각을 했다. '애들 결혼도 시키고 하려면 직장도 더 다녀야 하는데……' 하고 일 년간 생각하다가 결정을 내렸다.

'마음에 쌓인 한을 풀어나 보자. 애들 결혼하면 손주들을 돌봐 줘야 하고 이래저래 바쁘기 전에 하자.' 아이들도 적극 찬성했다. 멋진 엄마라고 친구들도 멋진 친구라고 격려해주었다. 힘이 생긴다. "신정아, 파이팅!" 하고 외쳐본다.

입학식 때 교장선생님 말씀이 생각난다. '배운 만큼 세상이 보인다.'라는 말씀에 이제라도 배워서 넓은 세상으로 한 걸음 한 걸음 나갈 것이다.

이제 나는 어둠속에서 벗어나고 있다

| 유오남 |

　나는 화순군 동면 대포리 팔 남매 중 여섯째로 태어났다. 초등학교 2학년에 다니다가 몸이 많이 아파서 학교에 갈 수 없게 되었다. 그러던 어느 날 학교에서 옛 친구들이 공부를 하면서 지내는 모습을 보고 다시 학교생활로 돌아가고 싶었다. 그래서 친구들과 5학년 반에 가서 공부를 했다. 3, 4학년 과정을 빠지고 어떻게 5학년에 들어갈 수 있었는지는 잘 모르겠지만 친구들과 그냥 그 교실에 가서 공부를 했다.

　처음에는 마냥 즐겁고 신이 났는데 3, 4학년 과정을 모르니까 공부가 점점 재미가 없어졌다. 친구들하고 노는 재미에 어영부영 초등학교 졸업을 하게 되었다. 마음속에는 공부에 대한 미련이 그대로 남아 있었지만 중학교에 진학은 할 수 없었고 항상 공부를 다시 해야겠다는 마음으로 젊은 날을 보내고 이제야 다시 공부를 시작했다.

남들은 초등학교도 졸업하고 글씨도 다 아는데 뭐가 불편하냐고 말하지만 내가 글을 잘 모른다는 것을 아는 것은 나뿐이었다. 그 마음을 누가 알아 줄 것인가. 어둠 속을 헤매는 그 마음을 말이다.

이제 나는 어둠 속에서 서서히 벗어나고 있다. 양원주부학교에서 다시 내 인생을 시작하고 있다.

즐거워서 사는 인생

| 이 석 점 |

영화 '말아톤'은 자폐증을 앓고 있는 주인공 초원이가 성인으로 성장해 나가는 눈물겨운 이야기다.

몸은 커가지만 마음은 5살, 많고 순수한 동심을 가지고 있는 모습이 인상적으로 다가온다. 초원이은 유난히 얼룩말과 초코파이를 좋아하고 동생에게 존댓말을 쓴다.

초원이 아버지는 현실에 지쳐 지방으로 나돌고 동생은 형한테만 신경 쓰는 엄마가 미워 반발하고 그 악조건 속에서 엄마는 초원을 성장시켜 나간다.

얼룩말이 되려는 듯 달리고 싶은 초원이. 엄마는 초원이가 달릴 때만큼은 정상인보다 소질이 있고 정상인과 다를 바 없다고 생각한다.

초원은 10km 단축 마라톤에서 3등을 하게 되고 이에 자신감을 얻게 된 어머니는 '써브쓰리'에 도전한다. 마침 초원이의 학교에 음주

문제를 일으켜 사회봉사를 온 전직 마라토너에게 코치를 제안한다. 시간만 때우는 코치. 허구한 날 뺑뺑이만 돌리는 코치와 마음이 맑은 스무 살 청년 초원이가 만나 겪는 갈등은 나에게 참 많은 것을 깨닫게 했다. 이 부분에서 하나 인상적이었던 것이 있다. 엄마가 초원에게 오늘은 무엇을 했냐고 물었을 때, "오늘은 운동장만 존나게 뛰었어요."라고 하자 다른 사람들은 즐겁게 웃었다. 하지만 나에게는 씁쓸한 웃음을 남겼다.

코치의 행동을 본 엄마는 더 이상 코치에게 초원을 맡길 수 없다고 생각했다. 엄마는 초원에게 마라톤을 시키고 싶지 않았다. 그리고 초원은 다른 사람과 다르다고 생각했다. 그러나 마라톤을 좋아한 초원은 엄마 모르게 마라톤 대회에 나갔다.

엄마는 당황하여 초원을 쫓아가서 출발점에서 모두가 뛸 때 엄마는 초원을 놓지 않았다. 그때 엄마를 울먹이는 눈으로 바라보던 초원이. 그 눈은 엄마에게 큰 감동을 주었고 엄마는 초원이의 손을 놓았다. 한참을 달리던 초원은 지쳐 쓰러지게 되었다. 그러나 누군가가 자신을 초코파이로 이끌던 엄마의 기억과 함께 다시 일어나게 되었다.

초원은 달리던 중 초코파이를 손에서 놓았다. 코치가 말한 대로 치타처럼 뛰기 시작했다. 초원은 결승점을 통과했다. 서로가 이해하고 도전에 성공한 것이었다. 그는 어떤 목적을 갖고 뛰는 것이 아니라 뛰는 것이 즐겁고 또한 뛰었다는 것에 만족하기 때문이다.

뛰는 것 자체가 즐거워서 뛰었다는 초원이의 말이 오래 가슴에 남는다. 내 삶도 그와 같아지기를 바란다.

희망을 만드는 사람이 되라

| 이 순 례 |

　해마다 입학 때가 되면 선배들의 목소리로 듣던 축시가 있다. 어느덧 입학식을 세 번째 맞이하면서 영광스럽게도 내가 그 자리에서 '희망을 만드는 사람이 되라'를 낭송하게 되었다. 실로 놀라운 현실이 거짓말처럼 내 것이 된 것이다.

　2011년 학교를 처음 찾았을 때만 해도 세상과의 싸움에서 진 패잔병의 모습이었던 나는 팔과 다리가 없는 모습과 같았다. 아픔이란 말할 것도 없고, 삶의 의욕마저 바람 앞의 촛불처럼 휘청거릴 때였다. 딸이 내게 공부하라고 한 말은 마치 살아나는 불씨가 되어 '탁, 탁' 하며 나를 깨웠다.

　수십 년 동안 잠재되어 있던 벙어리가 말이 트이는 순간처럼 나를 수렁에서 벗어나게 해주는 순간이었다. 새로운 삶의 비상구가 열린 것이다. 그렇게 찾은 양원주부학교는 나에게 삶의 지렛대가 되어 주었다.

문해반에서의 공부는 어떻게 살아야 할지를 일깨워 주었고, 그 동안 내가 알지 못했던 새로운 세상을 만나게 해 주었다. 문해반은 공부뿐만 아니라 다른 세상과의 소통의 현장이었다.

그렇게 중등부, 고등부를 거치면서 나는 성장을 했으며 내가 깨어 있음을 알려주는 봄날처럼 새로운 전문반이라는 봄바람을 맞았다. 겨울잠에서 깨어난 개구리가 세상으로 다시 튀어나오는 것처럼 새로운 담임선생님과 친구들을 만났다. 마치 외국땅에서 동포를 만난 것처럼 특별한 반가움이 샘솟았다.

올해는 어떤 모습으로 내가 성장할지를 기대해 보게 된다. 또 새로운 내가 될 것이라고 나를 믿으며 2015년의 봄을 맞이한다.

이제는 내가 양원에서 얻은 것을 후배에게 나누어 주는 선배의 위치에 서게 되었다.

연약했던 심신은 먼 옛날의 이야기가 되었으며, 이 봄에 새로운 활기를 느끼며 또 한 번의 즐거운 긴장감을 느낀다. 내게 주어진 모든 인연을 사랑하면서 그 인연이 나의 인생임을 깨달았다. 내가 있는 모든 곳에서 나누어 주는 사람이 되고, 쓸모 있는 사람이 되기 위해 더욱 더 발전하는 사람이 되리라 다짐한다.

교장선생님과 모든 선생님들께 감사드린다. 참 고맙습니다.

따스한 봄날, 봄꽃 향연의 주인공처럼
| 서 윤 환 |

봄을 기다리는 설렘. 그러나 꽃을 시샘하는 꽃샘추위가 그냥 비켜갈 리가 없다. 그러나 나의 마음속엔 따스한 봄이 이미 와 있다. 양원주부학교 학생이 되어 어느덧 네 번째 내 생에 최고의 봄날이다. 내게 있어서 학교 혹은 배움이란 손을 뻗어 닿을 수도 없을 만큼 높고도 먼 밤하늘의 별과 같은 의미였다. 여자도 아내도 그리고 엄마도 모두 다 되어 보았지만 단 하나 내게 허락되지 않았던 이름이 바로 공부를 하는 학생이었으니까.

배움의 간절함과는 달리 현실은 예순을 훌쩍 넘기고도 끝내 그 이름을 허락해 주지 않았다. 결국 다음 생의 숙제로 미뤄 두고 단념하려 할 때쯤 딸의 권유로 처음 양원주부학교의 문을 두드릴 수 있었다.

강당에 앉아 입학식을 하는 내내 어찌나 긴장되고 두렵고 또 어찌나 슬프던지 그 때의 그 먹먹하고도 설레던 감정이 아직도 생생하다.

과연 이 나이에 내가 해낼 수 있을까? 그러나 존경하는 교장선생님 말씀 중에 콩나물시루에 물을 주면 물은 밑으로 다 새어 나오지만 결국 콩나물은 잘 자란다는 그 말씀에 용기를 얻게 되었고, 그 말씀의 의미와 뜻을 실감했다.

그 말씀에 자신감을 가지고 시작한 공부가 그리 쉽지만은 않았다. 마음 같아선 공부를 하다 죽어도 여한이 없을 만큼의 열정으로 꽉 차 있었다. 그러나 여러 선생님들의 헌신적인 가르침에도 수업시간에 집중해도 머릿속에서 다 날아가 버렸다. 게다가 하루 왕복 등하교 시간이 4시간이나 걸리고 세월이 가져다준 질병, 퇴행성 관절염과 두 눈은 녹내장과 비문증으로 책을 읽고 공부를 하기가 힘들었다.

하지만 나는 자랑스럽다. 초등학교 중학교 고등학교 졸업장 3개와 전문부 학생이란 신분의 사명감을 가지고 하늘이 부르는 그 날까지 영원한 학생이고 싶다.

인생의 전기를 마련해 주신 교장선생님 감사합니다. 연필을 놓는 순간 그 자리에서 머무르는 것이 아니라 퇴보하는 것이라는 교장 선생님 말씀 늘 잊지 않고 실천하겠습니다.

언제나 계신 그 자리에서 배움에 목말라 허덕이는 많은 사람들에게 갈증을 풀어주는 단비가 되어 영원히 목마르지 않게 채워 주시길 부탁드립니다.

따스한 봄날 봄꽃 향연에 교장선생님과 여러 선생님과 학생과 온 국민이 건강한 몸으로 행복했으면 합니다.

내 인생의 황금기

| 임 영 희 |

　나는 오늘이 있어 행복하고 지금이 황금기다. 현재를 즐기며 기쁘고 재미있게 시간을 보내고 학교에 와서 공부하는 이때만큼은 세상에서 가장 행복한 '나'이기 때문이다. 내가 없는 현재는 있을 수 없고 내가 지구의 중심이며 가장 귀중한 존재이기 때문에 즐기고 살아가는 날이 두렵지 않고 기대된다.

　즐길 수 있는 시간이 얼마나 주어졌는지 알 수는 없지만 늦게나마 초등학교 명예교사를 하면서 감사하게 생각하고 아픔을 같이 공유하면서 따뜻하게 안아주고 어루만져 줄 수 있어 고맙다. 아픈 이를 보면 나의 본성도 생로병사를 거스르지 못하고 바람결에 흩어질 거라는 것 또한 세월이 주는 아쉬움이다. 그러나 그 세월 또한 사랑하지 않을 수 없다.

　너무 집착하지 말고 그냥 사랑하고 행복을 느낀다면 수평선 끝자락의 노을 진 황혼에서 내일이면 다시 떠오를 밝은 햇살처럼 희망을 주고 기쁨을 주는 곳이 양원주부학교이다. 늦게 배운 도둑질이 날 새는 줄 모른다고 늦게 시작한 공부가 이렇게 재미있고 즐거울 수가 없다.

한문을 배우면서 본성을 알아가고, 철학을 들으면서 삶의 목적을 생각하고 문학을 배우면서 지금처럼 글을 쓸 수 있고, 영어를 배우면서 접할 수 있는 생활들이 늘어났다.

배움은 숨을 쉬며 살아가는 원동력이 된다는 것을 깊이 새기면서 내 삶의 방향이 뚜렷이 나타나고 세상을 보는 안목이 달라질 수밖에 없다는 것을 다시 한 번 깨닫는다.

나는 학교에서 그만 오라고 할 때까지 학교에 다닐 것이다. 내 삶의 방학이 오는 그날까지 말이다.

주름살투성이의 얼굴로 가방을 메고

| 이영복 |

　몇 번의 입학식을 하고 시간이 흘러 다시 3월. 교복을 입고 가방을 들고 학교에 다니는 것이 평생의 꿈이었습니다.

　책가방 메고 주름살투성이의 늙은 나이에 입학하고 기쁨과 설레임으로 룰루랄라 만학의 꿈을 펼쳐 나가고 있는 요즈음, 이것이 행복이 겠지요.

　양원이란 요람을 꾸며 주신 교장선생님. 허기진 두뇌를 채워 주시는 각 과목 선생님들이 반겨주시는 곳. 양원이 있기에 첫 새벽을 가르며 길을 나서고, 나의 교문이 열리길 기다렸다가 활짝 창문을 열어 환기시키면서 책상에 앉아 수업 준비를 하면서 하나 둘 모여드는 급우들과 담소를 나누면서, '그래 이거야!' 그 기쁨에 가슴 벅차오릅니다.

　많은 것을 열정적으로 가르쳐 주시는 선생님들이 계시기에 세상을 볼 수 있는 눈과 귀가 열렸습니다. 그러나 반복되는 학습에도 왼쪽

귀에서 오른쪽 귀로 새어나가는 상황이 당황스럽고 서럽지만 그래도 무언가 꽉 차오르는 희열 같은 것이 묵직하게 차오릅니다. 이게 바로 배움의 무게일까요?

학문은 뒤쳐질진 모르지만 세상을 바로 볼 수 있는 안목으로 끊임없이 콩나물시루에 물을 주겠습니다. 그 속도가 너무 빨라서 머릿속이 하얀 백지장이 되어가도 눈과 귀로 가슴으로 수업은 계속 받으려 합니다. 멈춰버린 듯한 두뇌에 한탄만 할 일은 아니기에 제 만학의 길은 건강이 허락하는 한 멈추지 않으렵니다.

늙음으로 치닫는 서러움이 있지만 아름다운 마무리를 위해 정겨운 선생님들의 강의를 듣기 위해 오늘도 내일도 제 발걸음을 멈추지 않겠습니다.

학교 가는 길

| 신 순 주 |

저는 전북 김제군 백구면 영상리 2구에서 농사짓는 농부의 딸로 태어났습니다. 6남매 중 2남 4녀의 셋째 딸로 태어났습니다.

농사철에는 일이 바쁘면 학교에 가지 못하고 아궁이에 불을 때면서 심부름만하고 살았습니다. 불이 타오르는 것을 보면서 언제쯤 내 인생은 저렇듯 활활 타오를 수 있을까를 생각했습니다. 그러나 그런 날은 내게 오지 않을 듯 했습니다. 그렇게 아궁이에 불을 때는 날들로 내 유년시절은 다 가버리고 말았습니다.

그리고 이른 나이에 결혼을 하고 어느덧 손주들을 키우게 되는 나이가 되었습니다. 학교에 가는 손녀를 볼 때마다 나도 학교에 가고 싶다는 생각이 자꾸 생겨났습니다.

딸아이와 손녀딸이 함께 손잡고 학교 가는 길을 뒤에서 물끄러미 바라보는 날들이 많아졌습니다. 어느 날 그 모습을 본 딸이 내게 말을 건네 왔습니다.

"엄마도 공부를 시작해 보세요."

그 말을 듣는 순간 심장이 멈추는 것 같았습니다.

그래서 양원주부학교에 입학을 하게 되었습니다. 그리고 이제는 매일 학교 가는 길을 즐기면서 살아가는 내가 되었습니다. 학교에 입학을 해 보니 나와 같은 삶을 살아온 친구들이 정말 많았습니다.

처음에 입학을 할 때는 한글 맞춤법만 익히면 소원이 없겠다고 생각을 했습니다. 그런데 여러 과목들을 공부하다보니 어느새 모든 과목이 가져다주는 즐거움을 알게 되었습니다. 내게 이런 일이 일어나리라고는 생각도 못했습니다.

이제는 거리의 간판들이 나를 반기면서 웃고 있을 때가 많습니다. 그 간판들과 대화를 하면서 학교 가는 길은 행복 그 자체입니다. 영원히 이 행복과 함께 살아갈 것입니다.

일생일대의 사건

| 권 명 자 |

저는 먹고 살기 힘든 시절 8남매의 셋째로 태어나 제 의지와는 상관없이 공부와는 거리가 먼 삶을 살았습니다. 그러다 지금까지 배움에 대한 갈망으로 목말랐던 저에게 양원주부학교 입학은 가뭄의 단비처럼 일생일대의 사건이었습니다.

훌륭하신 선생님들과 좋은 친구들은 저에게 새로운 삶의 의미를 부여해 주었습니다. 작년까지만 해도 제 자신의 꿈을 잊고 남편과 농사를 지으며 두 아들을 키우는 데만 집중하며 살았습니다. 그러나 이제는 저의 학업에 대한 열정을 누구보다도 남편과 아들들이 적극적으로 반기며 물심양면으로 지원해 주고 있습니다.

돌이켜보면 이런 좋은 배움의 길을 왜 이제야 알게 되었나 하는 아쉬움이 많습니다. 하지만 지금도 늦지 않았다고 생각합니다. 친절하고 알기 쉽게 가르쳐 주시는 선생님들과 서로 의지하며 공부할 수 있도록 힘을 주는 반 친구들이 있어 정말 행복합니다.

배움은 저에게 많은 변화를 가져다주었습니다.

그리고 자신 있게 말하고 쓰고 읽을 수 있다는 것이 정말 놀라운 변화입니다.

무엇보다 저에게 가장 큰 힘이 되어주는 우리 가족들이 있어 행복합니다. 그 행복을 오래 간직하기 위해서 저는 하늘이 부르는 그날까지 배움을 멈추지 않을 것입니다.

앞으로 열심히 공부하여 가슴을 활짝 펴고 더 멋진 삶을 살겠습니다.

콩나물시루 속 꿈

| 하 필 선 |

몇 해 전 '책 읽어주는 남자'라는 영화를 보며 많이 울었던 기억이
있다.

누구에게나 감추고 싶은 아픔이 있는데 난 그 영화 속의 문맹이었
던 여주인공의 처지에 공감을 하였다. 영화관을 나서며 남몰래 많이
가슴이 아팠다. 여주인공은 문자 자체를 몰랐듯이 나 역시 짧은 학업
으로 많은 것을 웅얼거리며 반백년을 살아왔기 때문이었다.

그래서 그런 걸까? 인생의 가을 즈음에 와서 용기를 내어 두드린
양원주부학교의 '첫 날' 상담을 해 주시던 선생님이

"참 잘 오셨습니다."

라고 하셨을 때 그동안 꾹꾹 참아왔던 설움의 눈물을 얼마나 흘렸
는지 모른다. 그날이 어제 같은데 일 년 만에 나는 중학교 과정을 마
치고 마음속으로만 꿈꾸던 고등학교에 입학하게 되었다.

비록 하얀 카라에 두 갈래 묶은 어린 여고시절은 아니지만 어떠랴~! 배움에 갈구하는 마음은 열일곱 소녀보다 백배 천배 더 깊지 않은가.

아침마다 교실에서 만나는 학우들과의 생활은 하루하루가 즐겁고 행복하다. 그래서 눈을 뜨면 학교 가는 기쁨으로 저절로 힘이 솟아나고 콧노래가 나온다. 그리고 매 과목마다 선생님들의 열정적인 강의는 나를 행복하게 만든다.

이팔청춘 꽃다운 나이는 아니지만 또래들과 까르르 까르르 웃으며 지낼 수 있는 이런 기회를 가지게 된 것은 내게 크나큰 행운이다. 스스로 찾아오기까지 힘들었던 날이 내게 이런 기쁨을 더 크게 가져다 주는 것 같다.

입학식 날 교장선생님이 콩나물시루에 비유를 해 주셨다. 밑으로 다 빠져 나가는 듯한 물도 콩나물을 쑥쑥 자라게 했듯이 학교 공부를 아무것도 모른다고 생각하지만 학교에 꾸준하게 오면 우리들의 실력과 지혜는 콩나물처럼 쑥쑥 자란다고 하셨다. 나는 그 말씀에 정말 공감했다.

아직은 미비하지만 양원주부학교에 다니면서 삶에 대한 마음과 자세가 조금씩 변화되고 있는 나 자신을 발견하기 때문이다. 더디지만 하나하나 깨달아 인생의 끝에 서는 날 후회 없이 살았다고 말하고 싶다.

지금은 고등학교 입학이지만 이 과정도 잘 끝내고 나는 대학이라는 문까지 당당히 열고 들어갈 것이다. 시기를 놓쳐 뒤늦게 시작했지만 그 누구보다 더 뜨거운 열정과 갈망을 가졌기에 가능하리라 믿는다. 내 어깨를 토닥토닥하면서 힘찬 걸음으로 내일도 걸어 갈 것이다.

내 인생의 대박

| 박옥순 |

올 봄 나는 51살에 양원주부학교에 입학한 새내기가 되었다.

내가 해낼 수 있을지 염려도 되고 걱정도 되었지만 이왕 걸음을 내딛었으니 열심히 해 보려 한다. 학교에 와 보니 나와 같은 처지의 사람들로 강당이 가득했다.

나는 일을 하면서 학교에 다녀야 한다. 나는 가사도우미 일을 하고 있다. 남들이 볼 때에는 하찮게 보이겠지만 지금의 나에게는 최고의 직장이다. 노부부를 부모처럼 여기며 따뜻하게 정성을 들여 섬기고 있다. 그래서 더 열심히 배워 어디서도 당당하고 떳떳하게 살며, 살아오면서 겪고 느낀 일들을 글로 멋지게 써 보고 싶다. 한자도 배우고 컴퓨터도 배우고 영어도 배워서 몰라서 주눅이 들어 살아온 삶을 벗어나 제2의 삶을 살기 위해 상급학교에도 진학할 것이다.

교장선생님께서 '세상은 아는 만큼 보이고 배운 만큼 보인다.'고 하셨다. 그 말씀대로 세상을 넓게 보기 위해 열심히 공부할 것이다.

한 교실에서 함께 공부하는 반 친구, 언니들의 마음을 이해하고 감싸고 보듬으며 즐겁고 행복하게 생활하고 싶다. 선생님들께서는 친절하고 다정하며 알기 쉽게 잘 가르쳐 주시려 애쓰는 모습에 그간 느껴보지 못한 대접을 받는 것 같아 편안하게 배울 수 있을 것 같다.

재미있는 지름길로 거듭거듭 반복하며 공부하여 공부의 재미를 느끼고 학교에 온 보람을 느끼고 있다. 한 글자라도 더 가르쳐 주시려고 애쓰는 선생님들께 감사의 마음을 전하고 싶다. 학교에 오길 정말 잘 했다.

박대통령께서는 통일은 대박이라 하셨는데 나야말로 학교 온 일이 대박이다.

내 인생의 가로등

| 문 성 금 |

　온 천지의 꽃들이 만발한 2015년 봄은 아마도 나를 위해 펼쳐놓은
선물인 것 같습니다. 양원주부학교와 인연을 맺은 후 이 세상 모두가
제 것 같고, 아름답기만 하답니다.

　가슴에선 천둥이 치고 마음에 돌을 넣어둔 듯 두려움이 가득했지만
설렘과 기대감으로 발걸음은 솜사탕처럼 가볍게 입학식에 갈 수 있
었답니다.

　새로운 시작을 하게 된 저는 급장을 맡게 되었습니다. 한 번도 남
앞에 서 본 적이 없었던 저는 큰 부담이 되어 뜬 눈으로 밤을 지새웠습
니다. 아이가 학교 다닐 때에도 나서서 일을 맡아보지 못했습니다.

　결국 급장을 못할 것 같다고 찾아간 제게 선생님께서는 아무것도
모르는 것은 당연하다고 하시면서 이제부터 배우면 된다고 하셨습니
다. 잘 하려고 하는 마음으로 모든 것을 같이 하면, 학급의 학생들도

알아준다는 말씀에 용기를 내게 되었습니다.

그리고 만성 중이염 수술 후 학교와 직장을 동시에 다녀야 하는 힘든 생활이 시작되었습니다. 자고 나면 한 쪽 귀의 염증 때문에 견딜 수가 없을 때도 많았습니다. 그럴 때면 '포기해버릴까?'라는 생각이 들기도 했습니다.

하지만 이제 저는 예전의 나로 돌아갈 수 없답니다. 자식의 숙제를 도와주지 못해 미안해하던 지난날 관공서에 가서도 지은 죄 없이 주눅이 들어 있던 제 모습은 이제 버려야 하기 때문입니다.

오늘도 저는 지친 몸을 일으켜 행복한 숙제를 한답니다. 누군가가 제게 뭘 믿고 그리도 당당하냐고 물어온다면 저는 자신 있게 대답하겠습니다.

"바보 같은 그동안의 나의 인생을, 자신 있고 떳떳하고 가슴 벅찬 나로 바꿔버린 내 인생의 가로등 양원학교가 있습니다. 앞으로 더욱 열심히 공부해서 밝은 빛을 찾아가는 내가 되려고 합니다."

라고 말하겠습니다.

아픔 뒤에 찾은 행복

| 이 양 임 |

저는 전남 영광에서 태어났습니다. 열 살 때 서울에 올라와서 남의 집 잡일을 하면서 돈을 조금씩 벌었습니다. 배운 것도 없고 아는 사람도 없는 어린 내가 무엇을 할 수 있겠습니까. 힘든 일도 많이 하고 손발이 부르터서 울기도 많이 울었습니다.

그렇게 살다가 20세에 결혼을 하고 4남매가 생겼습니다. 배우지 못한 제가 생활비를 벌기 위해 할 수 있는 모든 일을 하면서 생활비를 벌었습니다. 배움이 없는 저는 공사장에서 벽돌도 나르고, 남의 집의 일을 해주기도 하고, 파출부도 해서 자식들을 키웠습니다. 또 회사도 다녔습니다. 늘 부족한 생활비였지만 아이들이 잘 도와주었습니다.

이렇게 힘들고 어려운 궂은일을 하다 보니, 나 자신을 돌아볼 시간 없이 보냈습니다. 이제 나이가 들고 힘이 없어지니 지금은 무릎연

골이 닳아 활동하는 데 힘이 들었습니다. 3년 전에 두 다리를 수술을 하고 활동을 못하게 되었지만, 이제 움직일 수는 있습니다. 하지만 다리가 아파서 일을 할 수는 없게 되었습니다.

몸이 아파 일을 못하게 되자 나 자신을 위한 생활이 시작되었습니다. 지금의 나는 행복합니다. 힘들게 자식들을 길렀는데 이제는 나를 위해 아이들이 용돈도 주고 공부하라고 양원주부학교에 보내주고 있습니다.

비록 지금은 나이가 들어 배워도 머리에 들어가지 않지만 자꾸 하다보면 남는 것이 있을 거라고 생각합니다. 늦은 나이에 공부를 한다는 게 쉽지만은 않습니다. 하지만 여러 선생님들 덕분에 변하는 나의 모습을 볼 수 있게 되었습니다.

내 아들과 딸들한테 보답하기 위해서라도 열심히 하겠습니다. 우리 큰 사위가 나를 응원해 주고 챙겨줘서 항상 고맙게 생각합니다. 자신 있게 사는 나의 모습을 보여주면서 살겠습니다.

저는 양원주부학교에 와서 이렇게 공부를 할 수 있다는 것이 꿈만 같습니다.

내 삶을 위해

| 금 복 남 |

60년 인생을 살아오면서 하루라도 배워야겠다는 마음을 가져 보지 않은 날들이 과연 얼마나 있었을까?

나는 지난 6월에 양원주부학교 입학했다. 처음에 내가 이 공부를 잘 해 나갈 수 있을까 하는 두려움이 몰려 왔다. 하지만 하루하루 학교 공부를 위해 창체시간도 열심히 하고 집에서 숙제도 열심히 하니 지금은 자신감이 생긴다.

예전에는 무엇을 하든지 자신감이 없어 은행에서나 동사무소에서나 앞사람만 보고 따라서 했는데 학교생활을 하면서 잃었던 자신감과 할 수 있다는 의욕이 점점 커지면서 주위의 모든 일들이 즐거움으로 다가오는 것 같다.

그동안 하고 싶어도 할 수 없었던 공부가 이제는 여건이 되어 다른 걱정이나 생각 없이 공부할 수 있게 되었다. 가장 힘이 되어주는 것은 가족들 그리고 남편이다. 늘 움츠린 삶 속에서 배움이라는 것이 이렇게 큰 힘이 될지 나조차도 예상하지 못하고 가족들도 못했다. 변한 내 모습을 보며 가족들이 더 많이 축하해 준다.

앞으로 나는 더 열심히 공부하여 중학교, 고등학교까지 그리고 건강이 허락한다면 대학교 공부까지 하고 싶다.

이제는 남 뒤에서 따라 하는 것이 아니라 내 힘으로, 내 두 발로 우뚝 서서 내 삶을 살 것이다. 배움이 이렇게 좋은 것이라는 것을 알게 해준 양원주부학교가 있어서 나는 참 행복하다.

다시 찾은 학교

| 하 연 숙 |

난 일곱 살에 초등학교에 입학해서 6학년 1학기에 책과 멀어졌다. 건강이 좋지 않아서 학교를 못 갔는데 학교에 안 다니려고 학교에 오지 않았다고 놀려대는 친구들 때문에 가슴에 상처가 생긴 뒤로 학교에 가지 않았다.

이제는 시간이 지나서 초등학교 동창회 초대를 받고 친구들을 보러가게 되었다. 졸업은 같이 하지 않았지만 초등학교 동창들을 만나니 반갑고 좋았다. 그래도 왠지 모르게 내 마음 한 구석에 졸업을 하고 상급학교에 올라간 친구들을 보면서 내가 뒤쳐진다는 생각을 지울 수가 없었다.

못 배운 게 죄는 아닌데 마음 한 구석에 세월이 흘러도 암 덩어리 같은 존재가 없어지지 않고 자리잡고 있었다.

그렇게 나는 오랜 시간을 돌고 돌아 양원주부학교에 왔다. 배워볼까? 아니 이 나이에 배워서 뭘 해! 하는 고민과 갈등을 하다 결국 나는 아침 일찍 책가방을 메고 학교에 오는 학생이 되었다.

오랜 고민 끝에 돌고 돌아온 학교 수업시간 선생님들의 열정적인 수업을 배우면 금방 까먹어서

"내가 까마귀 고기를 먹었나?"

하며 농담처럼 이야기도 했다. 하지만 반복해서 배우니 굳은 내 머릿속에 조금씩 변화가 생기고 있다.

좀 더 잘해야겠다는 부담은 있지만 거북이걸음을 걷는 심정으로 천천히 앞으로 나가겠다. 마음속 암 덩어리가 삭아서 없어질 때까지.

못 지킨 약속의 꿈

| 이 춘 순 |

올해 제 나이 69세. 학교에 가서 공부한다는 생각은 꿈에도 하지 않았습니다. 그런데, 어느 날 큰 딸이

"엄마, 양원주부학교라는 곳이 있으니 학교에 다니세요."

라고 말했습니다. 엉겁결에 가겠다고는 했는데 처음에는 겁이 났습니다.

너무나 오랜 세월 공부할 수 있을 것이라고는 생각조차 못했는데 학교를 어떻게 다닐까 걱정스러웠습니다. 그래도 용기를 내서 딸의 손에 이끌려 입학한지 벌써 1년이 지나 초등학교 졸업반으로 올라왔습니다. 아직도 공부를 하는 것이 두렵지만 한번 하고 나니 조금 자신감이 생기는 것 같습니다. 하지만 글도 잘 못쓰고 아는 것이 없어 가르치시는 선생님들께 죄송하기만 합니다.

저는 어려서는 공부할 생각조차 할 수가 없었습니다. 아버지가 병

중에 계시다 돌아가셨을 때 저는 초등학교에 입학해야 하는 나이였습니다. 어머니는 돈을 버셔야 했기 때문에 동생 4명, 오빠 1명 그리고 저까지 6남매나 되는 대가족을 챙기기에는 너무나 힘든 상황이었습니다. 오빠는 남자라서 공부만 해야 했고, 동생들은 제가 키우면서 집안일을 도맡아 해야 했습니다. 어머니는 고생만 하시다 83세에 아버지 곁으로 가셨습니다.

오빠는 바다에 나갔다가 사고로 일찍 하늘나라로 갔습니다. 그리고 얼마 안 있어 교통사고로 남동생 둘도 오빠를 따랐습니다. 저를 그토록 아껴주고 좋아해주었던 남동생마저 잃고 나니 지금도 마음이 칼로 베듯이 아파옵니다. 누나 누나하면서 조금이라도 집안일을 도우려 했던 남동생은 입버릇처럼,

"누나 공부 내가 커서 나중에 꼭 시켜줄게."

하였습니다. 그리고 마지막 임종 때 그 약속을 못 지켜서 미안하다고 했던 말이 제 가슴에 못으로 꽉 박혀서 이 글을 쓰면서도 그 아픔으로 눈물이 쏟아져 나옵니다.

오빠, 그리고 동생들아! 이제는 누나가 학교에 못 다니고 평생 고생만 한 것 마음 아파하지 마라. 지금은 양원주부학교가 있어서 누나도 학교에 지금 잘 다니고 있어. 그러니까 이제 하늘나라에서 걱정하지 말고, 대신 누나 학교 잘 다니라고 기도해주렴. 누나는 우리 딸 건숙이가 학교도 보내주고 등록금도 내주고 또 컴퓨터 공부도 하니 지금은 그 어느 때보다 제일 행복하단다.

아버지, 어머니, 저 학교 보내지 못해 항상 마음 아파하셨지요. 선

생님들이 모두 온 힘과 온 마음을 다해 학생들을 사랑하면서 가르쳐 주세요. 너무 행복하고 감사해요. 계속 열심히 공부해서 중학교, 고등학교, 대학교까지 갈 거예요. 사랑합니다. 어머니, 아버지!

더 큰 꿈을 향하여

| 주 손 이 |

　나는 공부하지 못한 서러움을 수도 없이 겪으면서 인생 70을 살아왔다. 2012년 어느 날 옆집 언니의 소개로 배움의 꿈을 안고 양원주부학교에서 공부를 시작했다. 무지했던 내가 늦은 나이에 공부를 해보니 나의 뇌는 완전히 굳어 있어 너무 힘들었다. 하지만 훌륭하신 여러 선생님들께서 열과 성을 다해 쏟아부어주심에 힘을 받아 귀 기울여 듣기를 반복하면서 굳어있는 나의 뇌는 풀리기 시작했다. 날이 갈수록 공부하는 것이 즐거움이고 행복 그 자체였다.

　그러나 나의 건강은 글공부를 길게 허락하지 않았다. 목 디스크에 무릎연골 손상으로 그토록 원했던 학업을 중단할 수밖에 없었다. 1년 동안 병원에 입·퇴원을 거듭하면서도 공부에 대한 아쉬움에 애끓는 나를 본 신께서도 감동하셨는지 점차적으로 건강이 회복되었다.

　나는 오직 학교를 가야 된다는 생각에 마음이 조급해졌다. 올해를 놓치면 너무 늦어질 것 같아 애가 탔다. 서둘러 평소에 존경하는 선생님께 문자 메시지를 띄웠다. 그리고 학교를 가기 위해 전철을 탔다. 1년 만에 선생님과 상봉할 장면을 상상하며 나는 한없이 설레며 가슴이 콩닥콩닥 뛰었다. 교무실에서 선생님을 뵙는 순간 그동안 답답했던 가슴이 뻥 뚫리는 기분이었다.

선생님께서도 잘 왔다 하시며 반겨주셨다. 자초지종을 들으시고 다시 공부할 수 있도록 절차를 통해 앞으로 나를 가르쳐 주실 담임선생님과 연결해 주셨다.

'선생님 감사합니다. 열심히 배워서 중학교도 가고 더 큰 꿈을 향하여 앞으로 나아 갈 것입니다. 저에게 또 위기가 온다 해도 공부는 절대 포기하지 않을 것입니다.'

나는 마음속으로 다짐 또 다짐을 하였다. 나는 공부할 때가 가장 재미있고 행복하다. 이렇게 나와 비슷한 처지의 사람들이 원 없이 공부할 수 있는 양원주부학교가 있어서 얼마나 행복한지 모른다.

양원의 문에 들어서며

| 김 분 남 |

주부학교에 입학한지 벌써 일주일째 접어들었다. 입학식 날 교장 선생님 훈화 말씀처럼 공부는 재미가 있어야 한다는 것이 뭔지 이제 알 것 같다.

어릴 적 나는 매일 같이 잔심부름을 다니며 교복 입은 학생들을 보면서 생각했다. 나도 공부를 시켜주면 남을 도울 수 있는 경찰 공무원이 되고 싶은데 하고.

어영부영 가난한 시국에 부모님은 7남매를 먹여 살리느라 바쁘셨고, 당시 누구나 그러하였듯 먹고 사는 데 쫓기듯 살다 남편을 만나 결혼하고 애 둘 낳고 살다보니 내 나이 벌써 내일 모레 칠십. 칠십년 동안 바빴던 세월 이제 좀 숨 돌리고 뒤돌아보니 공부를 하지 못한 것이 제일 아쉬웠다.

그러던 어느 날 TV 방송에 한 80세 노인이 고등학교를 졸업했다는 뉴스를 뚫어져라 보고 있는데 우리 손녀가 컴퓨터를 만지더니 할머니도 갈 수 있다고 했다.

다 늦어서 무슨 공부냐며 망설이는 나를 손녀가 내 손목을 잡아끌고 서울까지 올라와 일사천리로 등록하고 입학식 날만 기다렸다. 입학 전 특강도 너무 설렜다. 몸이 좋지 않아 특강 내내 손녀가 같이 등·하교를 해 주었지만 아픈 것은 공부 앞에 문제가 되지 않았다.

이제는 내 손이 걸레 잡고 물주전자를 나르지 않고 그 시절 부러워하던 교복의 학생들처럼 연필 잡는 손이 된 것이다. 가슴이 벅차서 눈물이 울컥 할 정도였다.

인천에서 차를 네 번을 갈아타고 두 시간에 걸쳐 오는 게 조금은 힘들지만 학교에 도착하면 힘든 게 사라진다. 너무 늦었다는 생각은 들지만 그래도 시작이 반이라고 하지 않았던가. 열심히 선생님 말씀을 듣고 한 자라도 더 배우고 익혀서 상급학교에도 가고 자랑스러운 할머니로 거듭나고 싶다.

우리 손녀가 너무 고맙다. 앞으로 건강하게 다닐 수만 있다면 정말로 감사하겠다.

공부가 하고 싶어서

| 유 광 자 |

　나는 공부를 너무나 하고 싶었지만 집안이 너무 가난해서 공부를
못했다. 어릴 때 아버님께서 독립운동을 하시다가 일본서 돌아가셨
다. 그리고 독립운동을 하시면서 아버님이 집안의 돈을 많이 없앴
다. 우리 어머니께서는 화병이 났었다. 그래서 우리 사남매 모두 고
생을 많이 했다.

　다른 집 남매 애기도 봐주고 공장에 다니기도 하고 안 해본 고생이
없는 것 같다. 그 때 당시에는 먹고 사는 게 제일 힘들었다. 엄마가
편찮으셔서 우리 힘으로 살아야만 했다.

　오빠, 언니, 동생, 나 모두 어렸다. 오빠와 언니는 시골 5일장에
나가서 참빗, 머리빗, 실무명실, 쥐약 같은 것을 팔았지만, 국수 죽,
좁쌀 죽 그것도 못 먹는 날이 많았다. 너무 배가 고파서 산에 가서 소
나무 껍질 벗겨서 먹고, 칡뿌리도 캐서 먹고, 찔레도 꺾어서 먹었다.

가을이 되어 벼를 베고 나면 이삭을 주워오고, 김장 배추 뽑고 나면 시래기 주워다가 김장을 하여 먹고 살았다. 그리고 겨울에는 산에 가서 나무도 해서 팔아 '엄마' 약값으로 했다.

오빠와 언니가 참 고생을 많이 했다. 지금 다시 생각해도 눈물이 난다. 그렇게 사는 것도 먹는 것도 힘든 시절이었기에 공부는 꿈에도 생각하지 못했다.

그리고 내 나이 이제 74세가 되어서 공부를 하려고 하니 그렇게 하고 싶었던 공부인데도 머릿속에 잘 들어오질 않는다. 교실에서는 알 것 같은데 문밖에 나오면 다 잊어버리고 또 잊어버리고 한다. 하지만 그래도 한 자 두 자 배운 것도 많다. 그리고 선생님 수업을 들으며 깔깔 웃고 옆에 있는 친구들과 수다 떠는 재미도 너무 좋다.

머릿속에 잘 들어오지 않아도 열심히 해서 남의 앞에서 글도 써보고 했으면 좋겠다. 학교에 오면 너무 재미있다. 좋으신 선생님들도 만나고. 양원주부학교에 온 게 참 잘했다는 생각이 든다.

2부

재미있게 즐겁게
행복하게

다시 시작하면서

| 김 경 순 |

　나는 '굿피플' 노인복지 요양보호사로 24시간 교대 근무를 하고 있다. 일을 하면서 더욱 많은 공부를 해야겠다는 생각이 들지만 몸은 지치고 마음만 급하다. 하지만 힘들고 어려운 공부라는 계단은 한 번에 건너 뛸 수는 없다는 걸 잘 알고 있다. 일을 하면서 공부를 하는 이유는 내게 이루고 싶은 꿈이 있기 때문이다. 나는 늦은 나이지만 대학에 가서 사회복지사가 되고 싶다.

　마음속에 품고 있는 이 꿈을 이루기 위해 양원주부학교에서 중등부로 공부를 시작하면서 나는 마음속으로 이번은 정말 정신 차려서 하리라 다짐했다. 24시간 근무 후에 오는 학교이기에 몸이 힘들고 지치고 자꾸 약해진다. 그럴 때면 내 마음속에 있는 교만, 오만, 자존심, 부끄러움들이 나를 더욱 힘들게 한다.

　그렇게 지친 몸으로 학교에 오면, 나는 활기차고 열정적으로 수업을 하는 선생님들을 만나게 된다. 선생님들의 열정적인 수업은 지친 내가 다시 꿈을 꿀 수 있도록 마음을 움직이게 하신다.

요즘 아침에 세수를 하고 거울을 보면 내 눈빛이 출렁이는 것이 보인다. 내 마음 속에 꿈이 있기 때문이다. 24시간 근무 속에서 늘 지친 내게 배워서 이루고픈 꿈이 있기에, 내 삶을 다시 시작할 수 있는 희망이 있기에. 나는 오늘도 새벽길에 퇴근을 하면서 등굣길에 들어선다. 새로운 시작을 위해.

63년 만에 핀 꽃

| 이 금 복 |

요즘 나의 구겨놓은 꿈이 63년 만에 봄꽃이 피듯 피었다.

내가 여덟 살 때 초등학교 입학 통지서를 받고 우리 가족들은 참 좋아했다. 우리 아버지는 나를 안고 장난을 치시며

"우리 금복이는 크면 코가 예뻐서 코 값을 할 거야 "

하시면서 큰 딸을 많이 예뻐하셨던 우리 아버지.

"우리 금복이 책가방 사올게."

라고 하신 말씀이 마지막 작별 인사가 되었다. 그리고 우리 집은 순식간에 쑥대밭이 되었다. 아버지의 사고로 인한 충격때문에 어머니는 정상적인 생활을 할 수가 없다고 어느 분이 내게 말씀해 주셨고, 그 후로 나는 두 동생들을 위해 가장이 되어야만 했다. 그러기에 공부는 꿈도 꿀 수가 없었다.

그렇게 모진 세월이 흘러갔고 가족들이 다 같이 모인 어느 날 동생

들이 나에게,

"언니, 제일 하고 싶은 것이 뭐야?"

라고 물었다. 나는 단번에

"공부가 하고 싶다."

고 했다. 그러자 동생들은 나에게 '양원주부학교'의 주소와 전화번호를 알려 주었다. 그렇게 나는 양원주부학교에 왔다.

나는 양원주부학교에 와서 그동안 구겨놓은 내 꿈이 생각났다. 80세가 넘어 다리가 아파도 열심히 학교에 오시는 고령의 언니들을 보고 그동안 '나는 왜 용기를 내지 못했을까?' 하는 후회와 함께 나의 꿈을 잊고 살았던 세월이 너무나 아쉬웠다.

그런 내 마음을 알았던 것일까? 내가 키우고 학교에 보낸 착한 동생들이 학비를 일 년치 대 주었다. 그리고 나는 노년의 길목에서 내 마음에 계약서를 썼다. 배움의 약속을 깨지 않기 위해 마음에 입학 도장을 찍고 계약도 마쳤다. 나의 구겨진 여덟 살 입학통지서의 꿈이 이루어진 것이다.

양원주부학교에 입학한 것이 내 생애에 제일 잘한 일이라고 생각한다. 나는 나에게 칭찬 또 칭찬하고 싶다. 지금까지 가족을 위해 희생하는 것이 당연하다고 생각하며 살았지만, 앞으로는 열심히 공부하면서 행복한 노년을 준비하며 살겠다. 구겨진 내 입학통지서의 꿈을 펴기 위해서.

내 나이 열세 살

| 강 대 원 |

   일성여자중학교 입학식 날 교장선생님께서는 우리 입학생 모두에게 열세 살이란 나이를 주셨다. 아! 정말 내가 열세 살에 중학교에 입학을 했다면 얼마나 좋을까? 그런데 생각이 자꾸자꾸 내 나이 열세 살로 가고 있다. 난 마포에서 태어나고 마포에서 자란 마포 토박이다. 열세 살 때 마포에 있는 서울여중에 합격하고도 학교에 가지 못했다. 등록금 마감 날 아버지께서는 막걸리 한 잔 받아 놓으시고 눈물을 흘리셨다. "내 부모는 나를 최고학부로 보내 주셨는데 나는 내 딸 중학교도 못 보낸다."며 우시는 모습을 보았다. 사실 아버지는 일제시대 때 일본 유학을 하신 분이다. 급변하는 시대에 학자셨던 아버지가 어떤 삶의 선택을 하셔서 우리 집이 가난했는지 난 모른다. 그러나 난 아버지를 한 번도 원망해 본 일이 없다. 그 시절 아이들이 교복을 입고 학교에 가는 모습을 멀리 숨어서 훔쳐보던 일들이 생각난

다. 얼마나 교복 입은 모습이 부러웠는지, 교복을 못 입은 내 모습이 얼마나 초라했는지 지금 생각해도 가슴이 아프다. 나의 장래 희망은 그 당시에 선생님이었다. 아버지의 제자가 찾아와 마당에서 큰절을 하는 것을 보고 아버지가 얼마나 멋있고 존경스러웠는지 모른다. 그래서 아버지같이 존경받는 선생님이 되고 싶었다. 그러나 그 꿈은 이미 깨진지 오래다. 그래도 난 공부하고 싶다. 내 나이 67세. 물론 머리는 안 따라주고 몸도 안 따라주지만 열정만큼은 젊은 사람 못지 않다. 열세 살에 어머니께서 돌아가시고 열다섯 살에 아버지까지 돌아가셨지만 난 아버지의 딸이라는 자부심 하나로 버티며 꿋꿋하게 살았다. 아버지! 저 중학교에 입학했어요! 대한민국이 부자가 돼서 모든 국민에게 중학교까지 무료로 가르친다네요. 아버지! 저 중학교 못 보냈다고 슬퍼하지 마세요. 공부하는 데 나이가 무슨 상관인가요? 지금이라도 학교에 오니 마음이 설레고 재미있어요. 기왕 시작한 공부 열심히 하고 싶어요. 고등학교까지 졸업해서 손주들 공부도 가르치고 싶네요. 아버지! 전 아버지가 나의 아버지라는 사실이 자랑스러워요. 아버지! 지켜봐 주세요. 이 딸을!

　선생님! 열심히 노력하겠습니다. 선생님께서 도와주시면 열심히 따라가겠습니다. 선생님! 고맙습니다. 공부할 수 있는 기회를 주셔서. 마지막으로 공부할 수 있는 기회, 후회하지 않도록 열심히 하며 시간을 보내겠습니다.

꿈을 현실로

| 김 태 희 |

　2015년 3월 2일 50여 년 만에 드디어 일성여자중학교에 입학을 하였다. 정말 꿈이 현실이 되었다. 제일 먼저 우리 학교에 올라오면 높은 신관 꼭대기에 '꿈을 현실로' 라는 문구와 별 다섯 개가 눈에 들어온다. 이 길을 왜 이렇게 돌고 돌아서 왔던가! 내 나이 열두 살 때 마포구 대흥동에 자리 잡고 있는 창천초등학교를 다니고 있었는데 갑자기 부모님의 사업 실패로 서대문 금화산이라는 산꼭대기로 루핑 집을 짓고 여섯 식구가 모여 살았다. 그 산 꼭대기에서 아현동을 지나 창천초등학교까지 갔는데 육성회비를 가져오라고 선생님께서 다시 되돌려 보내시며 '육성회비 안 가져오면 학교 못 다닌다.'는 그 말 한 마디에 그냥 지금까지 주저앉고 말았다. 나는 4남매의 맏이였다. 동생들과 부모님께선 네가 맏이니 친척네로 가 있으라 하였고, 먹는 것이 우선이었던 어린 나이의 나는 좋다고 따라나섰다. 그러던 어느

날 길에서 본 여학생의 흰 카라에 감색 플레어 치마가 내 눈에 들어왔다. 나는 잠시 머뭇거리다 숨고 말았다. 그리고 그냥 울고 서 있는 나를 봤다. 갑자기 학교가 가고 싶어졌다. 부모님께 학교 보내달라고 말씀드렸더니 묵묵부답이었다. 그 때 더 강하게 울고 떼를 썼더라면 보내줬을까? 나는 동네 교회에서 친구들과 놀고 있는데 거기서도 공부를 가르쳐 준다고 해서 갔었지만 책 보따리는 집안에 들여놓지도 못하고 그 길로 내동댕이쳐졌다. 그러나 난 공부를 포기하지 않고 지금까지 살다가 양원 문해과정을 이수하고 학력 인정을 받고 울고 또 울었다. 졸업장이 뭐길래……! 한 장 종이인 것을…… 한이 많아 배우는 것이 아닌가! 이제는 내 꿈이 현실로 다가왔으니 맘껏 펼쳐보련다. 교장선생님께서 포기하지 마라, 포기하지 마라, 절대 포기하지 말라며 꿈과 희망을 주시며 지혜롭게 사는 방법을 가르쳐 주셨다. 내가 제일 좋아하는 문구다. 4남매 모두 출가시켰으니 내가 하고 싶은 공부하며 신학대학 사회복지과에서 나에게 도움을 주신 모든 분들에게 배움을 나눌 것이다. 그래서 반드시 모든 이들에게 꿈을 현실로 이루었다고 말할 것이다.

나 이제 중학생이다!

| 방 기 복 |

일성 입학식은 참으로 멋있고 아름다웠다. 애국가가 울려 퍼질 때는 가슴이 먹먹해지고 뜨거운 눈물이 소리 없이 볼을 타고 흘러내렸다. 나는 눈물이 흐르는 대로 그냥 두었다. 그냥 그렇게 하고 싶었다. 배우지 못하고 지나온 43년이 순간순간 주마등처럼 스친다. 배우지 못한 한들을 어떻게 말로 다할 수 있으랴. 그래서 나는 여기에 왔다. 내 꿈을 이루는 데 받침돌이 되어 줄 여기 일성여중에.

마음속에 늘 나 같은 사람이 배울 수 있는 곳이 없을까? 생각은 하고 있었지만 허상이라고만 여기던 어느날 '다큐 3일'을 보게 되었다. 순간 저거다! 저것을 놓치면 이제 나에게는 배움에 대한 기회는 없다는 생각이 들었다. 다큐 3일은 나에게 한 줄기 빛을 보게 해 주었다. 나는 그 빛을 찾아 아들과 함께 인터넷을 검색해 보았다. 거기에는 내가 원하는 정보가 다 있었다. 가슴이 뛰면서 내 마음은 벌써 중학생이 되어 있었다. 할 수 있을까? 하는 두려움도 밀려왔다. 나 같은 바보도 받아줄까? 전화를 걸어 보았다. 전화선을 타고 들려오는 상냥하고 친절한 목소리는 나에게 큰 용기를 주었다. 입학서류에 대해 설명 듣고 그날 오후 학교를 방문하여 바로 입학이 되냐고 물었다. 2월 초였는데 벌써 마감이 되었다고 했다. 할 수 없이 1년을 더 기다려서 드디어 2015년 3월 2일 입학을 하게 되었다. 입학식 다음 날 학급경영자 선생님과 상담을 하는데 선생님과 마주 앉는 순간 갑자기 설움이 복받쳤다. 상담을 할 수가 없었다. 왜 갑자기 중학교를 못 가게 된 이유가 되살아났을까? 순간 나는 여지없는 열네 살이었다. 모르겠다. 그냥 울었다. 막 울었다. 펑펑 울어버렸다. 아마도 중학교에 못 가게 된 서러움이 내 마음속에 깊이 자리 잡고 있었나 보다. 그렇게 서럽게 울고 있는 나를 선생님은 포근히 안아 주시고 다독여 주셨다. 살짝 그만둘까 갈등도 했었는데 학급경영자 선생님의 도움으로 용기를 얻어 다시 시작하게 되었다. 아들 공학박사 만들고, 딸 과학선생 만들고, 그리고 이제는 내 차례라고 생각하고 열심히 한번 해 보련다. 그래서 내 꿈을 꼭 이루고 싶다.

새로운 삶의 승리를 외치며

| 정 봉 선 |

10남매 중 장녀로 태어난 나는 자상하시고 다복한 부모님 품 안에서 사랑을 많이 받으며 자랐습니다. 어느덧 중학교를 가게 되어 시험도 보고 합격이 되어 입학을 기다리는 때였습니다. 합격의 기쁨도 잠시 셋째 남동생이 갑자기 고열로 인해 온 몸이 마비가 되는 신경 마비로 움직일 수가 없게 되었습니다. 동생의 치료를 위해 어머니께서 이곳저곳으로 다니시느라 집안 살림을 제가 도맡게 되었습니다. 그러면서 자연스럽게 중학교 진학은 포기하게 되었습니다. 동생의 병이 점점 좋아지는 모습을 보면서 학교를 못 간 것을 후회하지 않고 사랑하는 동생들과 열심히 살던 중 동반자를 만나 결혼을 하게 되었습니다.

결혼 후 1남 2녀를 두고 바쁘게 살다 보니 어느덧 세월이 많이 흘렀습니다. 그러나 순간순간 공부에 대한 미련이 되살아나기 시작했습니다. 꿈속에서도 학교에서 배우는 꿈을 꾸고 항상 배움에 대해 목말랐습니다. 50대에 신앙을 갖게 되면서 성경의 말씀으로 감사와 찬양으로 그 비어 있던 배움의 자리를 조금 채우게 되었습니다. 이렇게 살던 중 2013년 우연히 TV로 일성학교에 대한 프로그램을 보게 되었습니다. 두 눈과 귀가 번쩍 띄어 바로 연락하고 달려갔습니다. 하지만 학생모집은 이미 마감되어 1년을 기다릴 수밖에 없었습니다. 그리고 드디어 일성중학교에 입학 소식을 듣고 '이제야 나의 새로운 삶이 시작되겠구나!'하며 특강 문자를 받고 설레는 마음으로 등교를 하였습니다. 특강을 마치고 소집일에 참여하면서 입학식 예행 연습과 애국가, 교가를 부를 때 너무나 떨려 뜨거운 눈물이 솟아올랐습니다.

드디어 입학하는 날. 남편과 함께 입학식을 참여했습니다. 남편은 곁에서 끝까지 잘 해 보라고 "파이팅!"하며 격려해 주었습니다. 교장 선생님의 '학교의 규칙을 잘 지키고, 학생의 본분을 다짐하라'는 말씀이 마음에 와 닿았습니다. 특히 '열네 살이다.'라고 학생의 자세로 임하게 해 주심이 감사했습니다. 일성중학교가 있음이 고맙고 감사했습니다. 자, 이제 시작이다! 선생님을 믿고 선생님 말씀을 잘 듣는 배움의 자세로 재미있고 슬기롭고 건강하게 끝까지 승리하겠습니다.

입학

| 진 덕 순 |

　오늘 2015년 3월 2일. 초등학교를 졸업하고 그 해에 입학해야 했었는데 40년이 지나서야 중학교를 입학한 날이다. 6남매의 막내로 태어났는데 왜 그렇게도 부모님 말씀을 잘 들었던지 후회의 연속이 시작되었다. 친구들이 교복을 입고 등하굣길에 마주칠 새라 쏜살같이 뛰어 대문 뒤에 숨고, 지나가면 나와서 일을 하곤 했다. 그 어린 마음에도 부러움과 창피함이 교차했기 때문에 그 순간을 모면해 보려 했기 때문이 아닐까?

　교복이 너무 입고 싶어 헌 교복을 구해서 입어보고 또 입어보곤 했다. 나이가 들어 26세에 결혼하여 아들과 딸을 낳아 잘 키워 초·중·고등학교를 입학시킬 때마다 부모님 학력 기재란에 당연한 듯 고졸이라고 표시해서 보냈다. 우리 아이들이 기죽지 않고 학교 다니라고 서슴없이 학력을 위조함에 당당했어야 했다. 또 한 번 가슴을 후려낸다. 아이들이 초·중·고를 다닐 때 초등학교 졸업 학력인 내가 자모회장을 모두 도맡아 했다. 이렇게 하여 아이들이 대학교에 가니 부모님 학력 조사란 것이 없었다. 어찌나 좋은지 나도 대학교에 입학한 기분이었다. 나의 배우지 못함이 한이 되어 아이들이 공부할 수 있도록 사력을 다해 뒷바라지를 하여 충남 예산 시골에서 자식 모두 서울에 있는 대학에 보냈다.

남편은 고등학교 졸업 후 32년이 지나 대학교에 진학하여 올해 4학년에 다니고 있어 우리 집은 대학생이 3명이다. 모든 가족들이 학생이다 보니까 더더욱 가슴이 불타오르기 시작했다. 배움을 갈망하던 중 TV를 통하여 우리 일성여자중학교가 방영될 때 '아! 바로 이 곳이 내가 다녀야 할 학교구나!'라고 생각하고 남편과 아들, 딸한테 말하였더니 나의 학교 입학을 모두가 환영하며 입학식 당일 모든 가족이 함께 입학식장에서 축하를 해 주었다. 가족들의 도움과 응원이 헛되지 않게 여기 일성여자중학교에서 나의 부족함을 모두 채우리라. 이렇게 나 자신에게 맹세하고 스스로 분발하여 당당하게 중학교, 고등학교 졸업장을 받으리라 다시 한 번 약속한다.

아픔을 이길 수 있는 배움

| 성금순 |

　나는 시골에서 칠남매의 장녀로 태어났습니다. 우리 집은 아버지가 어릴 때 할아버지께서 돌아가셔서 아버지가 고생을 많이 하셨습니다. 홀로 고생한 외로움 때문에 자식을 많이 낳으셨으나, 가난해서 우리들은 학교에 자주 빠졌습니다. 진도도 못 따라갔고 육성회비도 못 내서 학교에 가면 항상 육성회비를 가져오란 꾸지람만 들었습니다. 그래서 돈을 벌어 동생들의 학비라도 대기 위해 서울로 올라오게 되었습니다. 서울에서 직장을 다니면서도 항상 배우고 싶은 마음은 있었지만 용기를 내지 못하였습니다. 세월이 흘러 어느덧 결혼을 했지만 배우지 못해서 항상 자신을 낮추며 살았습니다. 그래도 자식만큼은 못 가르치면 안 되겠다 싶어서 아이들의 교육에 애를 썼고 제 배움은 또 미루게 되었습니다. 덕분에 아이들은 잘 컸고 대학도 가고 번듯한 직장도 다니게 되었습니다. 큰 딸은 곧 결혼을 앞두고 있습

니다. 딸의 빈자리가 걱정도 되고 지난 겨울엔 아버지마저 돌아가셔서 가슴이 텅 비어있는 느낌이었습니다. 그러면서 '나는 누구를 위해서 살았을까?'라는 의문이 들면서 '이제 나를 위해서 살자!'라는 생각이 들었습니다. 그때 생각이 난 것이 어렸을 때 못 했던 공부를 해 보자는 것이었습니다. 인생을 살아가면서 가장 큰 무기는 지식이라고 하는데 지식 없이 산 세월이 너무 길었습니다. 지금도 늦지 않았으며 지금이 최고 좋은 때란 생각으로 용기를 내서 일성중학교에서 공부를 시작하게 되었습니다. 물론 어렵고 힘들겠지만 처음 먹은 마음 끝까지 최선을 다하면서 당당하고 자신감 있는 인생의 후반을 위해 배움을 시작하는 지금이 너무나 기쁘고 설렙니다.

삼월의 봄날

| 맹 영 애 |

　삼월은 여린 새싹이 움트듯 내 심장을 찢으며 톡톡 터지는 소리가 내 마음을 더욱 아프게 하는 달이다. 늘 가슴 한편에 꼭꼭 숨겨 놓았던 배우지 못한 한과 서러움이 복받쳐 수없이 내리친 나의 가슴에는 시꺼멓게 피멍이 들어 아물지가 않았다. 그동안 두 자식들 공부시키면서 대리만족하며 살았는데 어느새 하나 둘 짝을 만나 새 둥지를 틀었으니 이제는 부모로서 할 일을 다 한 것 같아 한시름 놓인다. 그런데 35년 전 학력을 속이고 결혼한 나는 남편에게 늘 미안한 마음으로 가슴 졸이며 살아야 했다. 못 배운 한을 풀기 위해 백방으로 알아보았지만 길이 열리지 않아 애간장을 녹이며 살았다.

　그러던 어느 날 만학도들이 공부해서 졸업식을 하는 장면을 보고 정신이 번쩍 들어 재빨리 메모해 두고 차일피일 미루다가 학교를 찾아갔다. 학교 행정실에 찾아가 접수를 하는데 가슴이 뛰고 손이 흔들

거리는지 오늘이 아니면 기회를 놓칠세라 접수장에 또박 또박 꾹꾹 힘주어 적으며 행운을 빌었다. 나에게 평생 오지 않을 것 같은 현실이었다. 나는 따사로운 봄볕과 함께 설레는 마음 가득 안고 입학식장에 들어갔다. 듬성듬성했던 빈 자리가 어느새 따뜻한 온기로 가득 채워졌다. 꿈에 그리던 일이 현실이 되고 보니 코끝이 찡하고 벅찬 가슴을 억제할 수 없었다. 누가 볼까 두려워서 가슴에 묻어 놓았던 나의 희망의 씨앗이 싹을 틔우니 얼어있던 나의 마음은 봄눈 녹듯이 사르르 녹았다. 교장선생님 훈화 말씀 중에 물이 잘 빠진 콩나물이 잘 자란다고 하셨다. 선생님 말씀을 믿고 잘 따라하면 공부가 재미있고 학교에 즐겁게 다닐 수 있으니 콩나물이 쑥쑥 자라듯이 우리의 실력도 향상되고 행복한 삶이 된다고 하신 말씀이 크게 와 닿았다.

수업 시간이 아직은 익숙하지 않지만 과목 선생님마다 개성이 다르고 우리의 눈높이에 맞추어 가르치는 모습에 학생들은 선생님의 말씀을 놓칠세라 귀를 쫑긋 세운다. 배우고 있다는 내가 자랑스러워 여기저기 말하고 싶어서 입술이 간질간질해 참을 수가 없다. 조만간 남편에게 35년 동안 숨겨온 비밀을 고백해야겠다. 그리고 용서를 빌 것이다. 처음에는 충격이 클 것이 예상되어 두렵기도 하지만 격려해 주고 변함없는 사랑으로 아낌없이 지원을 해 주리라 믿는다. 남편에 대한 보상으로 열심히 공부하고 내조도 잘 할 것이다. 그리고 배움의 끈을 끝까지 놓지 않고 최선을 다하여 같은 처지의 학우들과 어려움이 있으면 서로 도우면서 즐거운 학교생활이 되도록 노력할 것이다.

공부할 수 있도록 문을 활짝 열어주신 교장선생님과 여러 선생님께 머리 숙여 감사드린다. 이제부터는 내 자신을 사랑하고 나이 탓, 시간 탓을 하지 않고 미래의 꿈을 향하여 힘차게 달려 나갈 것이다.

가슴 벅찬 입학식

| 이 순 옥 |

충남 부여에서 나는 7남매의 6번째로 태어나 먹고 살기 힘든 그 시절, 초등학교를 마치고 중학교에 입학하려던 순간 갑자기 엄마가 돌아가셨다. 너무 어린 나이라 아파할 수조차 없었고 공부는 거기에서 멈추게 되었다. 너무도 친한 친구는 중학교 들어갔다. 친구는 학교 다닐 때 나는 혼자 울었다. 아버지조차 없었고 언니, 오빠들은 서울로 가고 나와 동생만 남았다. 너무도 힘든 그 시절은 생각조차 하기 싫다. 어느새 자라서 결혼을 하고 남매를 두었다. 공부에 한이 맺혀 혹독한 시집살이 속에서도 자식만큼은 유학까지 보냈다. 조금 여유가 생겨 중학교를 가고픈 마음이 간절했다. 어떻게 가야 하는지 누구한테 물어봐야 하는지 몰라 생각만 하고 있는데 우연히 알게 된 동생이 학교를 다닌다는 말에 물어보게 됐다. 시간이 흘러 46년이란 기나긴 세월이 지났다. 꿈에 그리던 중학교, 설렘과 두려움, 한편으론

가슴이 뻥 뚫리면서 날아갈 듯 기뻤다. 하지만 못 따라가면 어쩌지 하는 두려움도 있었다. 하지만 가슴 벅찬 마음 안고 드디어 입학식에 참석했다. 교가를 부를 때 나도 몰래 눈물이 줄줄 흐르고 있었다. 교장선생님 훈화 말씀이 너무도 구구절절 내 마음을 울렸다. 교실 배정, 학급경영자 선생님. 나에게도 담임선생님이 생겼다. 1학년 3반이란 학생들 너무도 긴 세월 지나서 온 언니 학생들, 마음이 들뜬 언니들을 보면서 나도 그랬다. 열심히 해야지 하면서 마음속으로 다짐한다. 고등학교까지 가자!

꿈을 향한 도전

| 최 영 란 |

멀고도 먼 길을 돌고 돌아 드디어 일성이란 명품 열차에 탑승하였습니다. 그것도 사랑하는 동생과 함께 말입니다. 일성여자중학교에 접수를 하고 합격 통보를 받기까지는 어둡고도 긴 터널을 지나는 시간이었습니다. 합격 통보를 받던 날, 그동안 답답하고도 어두웠던 터널을 빠져나와 희망의 빛으로 저의 소망이 이루어졌습니다.

2015년 3월 2일 드디어 입학식장에 동생과 함께 나란히 앉았습니다. 교장선생님께서 입학 허가를 공포하실 때 뜨거운 눈물이 왈칵 쏟아졌습니다. 제 평생에 잊지 못할 감동의 시간이었습니다. 배운 것이 없어서 늘 마음속에 눌려 있던 서러운 한이 50년 만에 풀리는 순간이었습니다.

그러나 한편으로는 두려움이 다가왔습니다. 늦은 나이에 공부를 한다는 것이 얼마나 힘들지 생각할수록 걱정이 앞섰습니다. 아침 일찍부터 날마다 학교에 온다는 것이 결코 쉬운 일이 아닐테니까요. 입학식을 마치고 학교로 이동하여 교과서를 받아 교실에 들어서는 순간, 열네 살 소녀로 돌아갔습니다. 구자진 학급경영자 선생님의 말씀에 귀 기울여 듣는 45명의 소녀들의 눈동자가 반짝거렸습니다. 순간, 두려움은 사라지고 열심히 공부해보자! 그리고 계속 상급 학교에 도전해 보자고 마음속으로 다짐하면서 교장선생님의 훈화 말씀을 되새겨 보았습니다. 모든 말씀이 다 감동적이었지만, 제게는 특히 우리들이 공부를 못한 것이 부모님 탓도 아니고 그 누구의 탓도 아닌 시대 탓이라는 그 말씀이 제일 가슴에 와 닿았습니다. 그 말씀에 서러웠던 마음은 눈 녹듯이 사라지고 오직 일성이라는 광산에서 보석을 캐내어 보리라는 생각뿐이었습니다. 돈을 안 받을 테니 마음껏 캐가라는 교장선생님 말씀대로 제가 그토록 배우고 싶었던 영어, 한문 등 모든 과목을 통하여 지혜와 지식, 교양의 보석들을 열심히 캐내어 보려고 합니다. 그리고 연속극 보듯이 재미있게 공부를 해 보겠다고 굳게 다짐해 봅니다. 열네 살 소녀가 된 우리들에게 최선을 다하시는 학급경영자 선생님은 물론이고 모든 과목 선생님들의 열정이 우리들의 꿈을 이루게 해 주실 것이라는 믿음으로 날마다 학교에 오는 것이 즐겁고 정말 행복합니다.

먼저 고등학생이 된 선배들을 보면서 저도 고등학생이 되는 꿈을 꾸며 오늘도 꿈을 향하여 도전하렵니다. 아직도 공부에 한이 맺힌 모든 사람들에게 외치고 싶습니다. 망설이지 말고 일성이라는 명품 열차에 합승하여 함께 보석을 캐러 달려가 보자고 말입니다. 특히 끊임

없이 지식의 복지를 외치시는 이선재 교장선생님은 이 세상에서 가장 멋지신 분이라고 말씀드리고 싶습니다. 하늘이 부르는 날까지 손에서 책을 놓지 말라는 교장선생님의 말씀을 꼭 실천할 수 있도록 최선을 다하겠습니다.

벅차오르는 기쁨

| 권 귀 선 |

3월 2일. 드디어 중학교에 입학을 하게 되었습니다. 초등학교를 졸업한 지 49년 만인 것 같습니다. 너무도 긴 세월을 보내고 이제서야 중학교 입학식을 하고 중학생이 되니 가슴이 벅차오릅니다. 벅차오르는 이 가슴을 어찌 말로 다 표현할 수 있을까요. 먼저 교장선생님께 감사드립니다. 일성여중고등학교를 설립하고 배우지 못한 자들을 위해 지금까지 애쓰지 않으셨더라면 오늘의 입학식은 없었을 것입니다. 또한 중학생의 꿈은 영원히 실현되지 못했을 것입니다. 감사하고 또 감사합니다. 교장선생님의 말씀처럼 좋은 인연이 되었으니 좋은 만남을 위해 노력할 것입니다. 초등학교를 졸업할 당시 가정형편이 어려워 진학을 포기하고 생활전선에 몸담고 있으면서도 머릿속한 귀퉁이와 가슴에서는 항상 공부하고 싶은 마음이 떠나지 않고 있었습니다. 저와 같은 처지의 친구들 중에는 야간학교를 가는 친구도

있었지만 저는 생활에 조금이라도 보탬이 되려니 그것조차도 안 되었습니다. 그러다보니 세월은 흘러 나이가 들고 결혼을 하게 되었습니다. 두 아이를 낳고 아이들이 6살, 7살 때 이 학교를 알게 되었습니다. 배우지 못한 주부들을 위한 학교라니 꿈만 같았습니다. '나도 배울 수 있는 기회가 왔구나.' 생각을 하니 날 것 같았습니다. '두 아이가 초등학교 입학을 하면 애들이 학교 가는 시간에 나도 학교에 가서 공부를 해야지.'하고 마음속으로 다짐을 하며 초등학교 입학하기만 기다렸습니다. 그러나 그 꿈마저 포기해야 하는 상황이 벌어졌습니다. 또 다시 가정을 책임지는 가장이 되었기 때문입니다. 공부는 나와는 인연이 없구나, 나는 공부할 팔자가 아닌가보다 하고 낙담을 하며 가정을 책임지며 살아야 했습니다.

꿈을 접고 앞만 보고 살다보니 세월이 이렇게 또 흘렀습니다. 이제 두 아이들은 장성하여 자기 몫을 훌륭히 하고 저는 그동안 다니던 회사에서 작년에 정년퇴직을 하게 되었습니다. 머릿속 한 귀퉁이에 자리 잡고 가슴속 응어리가 되어 버린 공부를 시작해 보려 다시 학교소식을 알아보고 원서를 냈습니다. 작년 11월 1일부터 특강을 받고 드디어 3월 2일 입학을 하고 중학생이 되었습니다. 그 꿈을 이루는 데 또 28년이 걸렸습니다. 특강을 받으러 오는 그날부터 온전히 저를 위한 저만의 삶을 사는 것 같아 매우 행복합니다. 이제 저는 별을 땄습니다.

문단에 등단을 하고 석사 박사 과정을 밟는 대단한 선배님들을 보며 교장선생님 말씀처럼 '나는 할 수 있다.'를 마음속으로 외치며 다른 누구를 위한 것이 아닌 제 별을 지키기 위해 스스로 포기하는 일이 없도록 최선을 다해 노력할 것입니다.

제2의 인생을 꿈꾸며

| 김완숙 |

 나는 전북 진주에서 2남 4녀 중 둘째 딸로 태어났다. 그래도 어릴 땐 남부럽지 않은 환경에서 자랐다. 그러나 초등학교 6학년 말쯤 부모님이 지인한테 서준 보증이 잘못되어서 우리 집 재산이 모두 법원에 압류되었다. 난 엄마가 힘들게 마련한 돈으로 중학교 등록금을 내고 추첨을 통해 전주기전여중에 입학했다. 하지만 학교생활은 순탄치 않았다. 생활이 힘들어 교복은 물론 책, 가방 모두 아는 선배 언니 것을 얻어 와서 입고 들고 다녔다. 그러나 그것도 잠시 수업료를 계속 못 내니 학교에 다닐 수가 없었다. 난 더 이상 학교에 다닐 형편이 안 되어서 학교를 그만 두고 공장에 가서 일을 했다. 그러던 중 온 가족이 대전으로 이사를 해 12시간씩 2교대하는 공장에 취직해 열심히 직장생활을 했다. '열심히 돈 벌어 동생들은 꼭 가르치리라.' 다짐을 하면서. 또 직장을 다니면서 학력제한이 없는 전화교환자격 2급

시험에 도전을 했다. 열심히 학원을 다니며 시험을 봐서 필기와 실기 모두 한 번에 자격을 취득했다. 하지만 학력 때문에 취업에 제한이 되었다. 그래서 검정고시를 하고 싶었지만 주야 12시간 근무로 쉽지 않았다. 그렇게 수많은 날을 학교 가는 꿈만 꾸었다.

어느덧 막내 동생까지 고등학교를 졸업시키고 결혼을 했다. 결혼 후에도 학교 가는 꿈은 계속 꾸었지만 형편이 여의치 못해 학교 갈 엄두는 못 냈다. 아들, 딸 둘을 낳아서 열심히 키우며 동네에서 반장과 통장 일도 맡아 열심히 일했다. 그러던 중 남편 사업이 부도가 나며 힘든 시기도 겪었다. 살고 있던 집도 정리하고 월세부터 시작하며 남편을 도와 열심히 일했다. 다행히 딸과 아들 모두 장학금을 받으며 학교생활을 하고 대학을 졸업했다.

넉넉하진 않지만 이젠 나를 위해 살리라 다짐하며 용기를 내어 일성여중에 전화를 했다. 그런데 갑자기 가슴이 미어지는 것 같았다. 순간 내가 얼마나 학업에 목말라 했는지를 알 수 있었다. 정말 내가 원했던 학교를 다닐 수 있음에 감사한다. 잘 할 수 있을까 하는 두려움도 있지만 모든 것은 이겨내리라 마음 먹어본다. 오늘도 학교에서 "우리에게는 꿈이 있습니다. 목표가 있습니다. 꿈과 목표를 향하여 앞으로 앞으로 힘차게 나아가자."를 외치며 즐겁게 학교생활을 하리라 다짐해 본다.

이제는 열심히 달리기만 할 겁니다

| 박 순 이 |

　3월 2일. 드디어 설레고 가슴 벅찬 입학식이다. 가슴이 뭉클하면서 뜨거운 눈물이 흘렸다. 나에게도 드디어 따뜻한 인생의 봄날이 왔다. 나라에서 허락한 중학생이 된 것이다. 이제는 어디 가서도 굴하지 않고 당당하게 피어나는 새싹처럼 당당한 인생을 살겠다. 중학생이 되고 보니 내 자신이 너무 기특하다. 긴 겨울 잘 참고 이겨낸 내 자신을 칭찬한다.

　'너는 해냈어. 장하다, 장해! 60여 년 만에 졸업장을 받아 중학교에 입학했잖아. 너는 장한 사람이야.' 이제 앞으로 다가올 희망을 꿈꾸며 미래를 향하여 달려가야겠다. 텅 빈 가슴 속을 지식으로 채우겠다.

　입학을 하니 하고 싶은 일도 생겼다. 담임선생님이 영어 선생님이신데 영어를 잘 배워서 우리나라를 찾는 외국인 관광객들에게 영어로 우리나라를 안내하고 싶다. 그렇게 하려면 열심히 공부를 해야 될 것이다. 이제 그렇게 될 것을 믿고 열심히 생활해야겠다.

어려서부터 공부를 했으면 지금쯤 판사나 검사를 하고 있을 텐데 말이다. 어릴 적 이웃집 어른들께서 영리하다고 칭찬이 자자했었다. 입학을 하고 나서 친구들에게 중학교 갔다고 자랑을 하고 싶지만 참 았다. 내 꿈도 언젠가 이루어질 수 있다고 생각하니 이제 하늘을 날 수 있는 날개를 얻은 기분이다. 자녀들에게도 떳떳하게 말할 수 있 다. 남편은 나보다 더 기뻐하며 '여보, 열심히 공부하시오.' 한다. 나 에게 정말 고마운 남편이다. 새 친구들을 만나 보니 서로가 기뻐서 화기애애한 분위기이다. 교실에 웃음꽃이 핀다. 처음인데도 낯설지 않고 오래 전부터 만난 친구처럼 친근하다. 우리가 한 배를 탔기 때 문인가? 감싸 주고 참아 주고 이해해 주고 서로 허물을 덮어 주고 생 활하겠다. 서로 협력하며 졸업할 때까지 잘 지냈으면 좋겠다. 오늘 중학교 선배님이 콩나물시루에 콩나물을 길러서 가져왔다. 교장선생 님이 말씀하신 콩나물시루의 비유를 통해 콩나물이 잘 자라듯이 나 를 키워갈 것이다.

이렇게 좋은 학교를 다니게 된 것은 행운이다. 이제 당당히 중학교 에 다니니 아무 것도 부러울 것이 없다. 지난 과거는 바람에 날려버 리고 이제는 맡은 자리에서 최선을 다할 것이다. 미래를 준비하며 지 혜롭게 사는 사람이 될 것이다. 희망찬 내일을 꿈꾸며 앞만 보고 열 심히 달려갈 것이다.

나는 할 수 있다

| 강 영 자 |

나는 전라북도 장수군 장수면 노곡리에서 태어났다. 두메산골 2남 5녀 중 넷째 딸로 태어나 초등학교 시절에는 학교 갔다오면 집안일 하기에 바빴다. 모내기 하면 학교에 못 가고 비가 많이 와도 학교에 가지 못했다. 다리가 없어서 시냇물이 불어나면 학교에 결석을 해야만 했다. 겨우 졸업을 하고 집안일을 돕고 있는데 아버지께서 중풍으로 쓰러지셨다. 그때부터 어머니께서 생계를 책임지시고 나는 아버지를 돌봐드리며 집안 살림을 도맡아 하면서 공부는 생각도 못했다.

열일곱 살 되던 해에 아버지가 돌아가셔서 서울로 이사를 왔다. 엄마는 한복을 만드시고 나는 바느질을 배워서 양복점에서 일을 했다. 밥 먹을 시간도 없을 정도로 열심히 일을 해서 돈을 모았다. 엄마와 내가 번 돈으로 집을 샀다. 정말 기뻤다. 스물 여섯 살 되던 해에 지금의 남편을 만나 1986년 11월에 결혼을 했다. 남편 직장을 따라 포항에서 살게 되었는데 포항 제철 직원 사내 단지는 그림처럼 예쁘고 좋았다.

돈을 벌지 않아도 되고 남편 월급으로 생활하면서 큰딸을 임신해 즐겁고 행복했다. 그런데 딸을 출산하고부터 아프기 시작했다. 병원에 다녀도 낫지 않고 검사를 해도 병명은 나오지 않았다. 어쩔 수 없이 남편의 보호 속에 살았다. 그렇게 세월이 흘러 딸이 유치원에 다녔는데 날마다 나만 동생이 없다고 울면서 동생을 낳아 달라고 했다. 그래서 둘째 딸을 낳고 계획에 없었던 셋째 딸도 생겼다. 정말 많이 고민했다. 그때만 해도 '둘만 낳아 잘 기르자.'가 구호였고, 또 내가 아파서 잘 키울 수 있을지 걱정이 되었다. 고민 끝에 하나님이 주신 생명을 낳기로 결심했다. 너무 감사하게도 큰딸이 공부를 잘하여 우리에게 기쁨을 주었다. 서울교대를 나와 선생님이 되었고, 둘째 딸은 치위생과를 졸업해 치위생사가 되었고 셋째 딸은 지금 고등학교 3학년에 재학 중이다.

이제는 나의 시간을 가지게 되었다. 그러나 이십 년이 넘게 여전히 몸이 아파서 쩔쩔맬 때가 한두 번이 아니었다. 머리가 아프기 시작하면서 온몸이 시리고 아프다. 이런 몸을 가지고 어떻게 공부할 수 있을까 하다가도 조금만 좋아지면 공부하고 싶은 마음이 간절해졌다. 몰라서 답답할 때가 많은 나 자신을 잘 알기에 공부가 하고 싶지만 정말 용기가 필요했다. 그때 남편이 내 마음을 알고 염리동에 일성여자중고등학교가 있는데 나처럼 가정 형편이 어려워 배우지 못한 주부들이 다니는 학교라고 알려주었다.

자신이 없어 주저하고 있을 때 남편의 손에 이끌려 2014년 5월 1일에 등록을 했다. 정말 많이 배려해 주는 좋은 동반자를 만나 예쁜 딸들 잘 키우고 오십오 세에 중학교 공부를 할 수 있다니 꿈만 같다. 이제는 공부하는 아내, 공부하는 엄마 내면의 양식을 채워 노년에 마음이 풍요로운 사람으로 살고 싶다. 나는 할 수 있다. 하면 된다. 교장 선생님 말씀이 선생님만 믿고 따르면 다 된다고 하셨다. 그 말씀 믿고 일성여자중학교에 입학했으니 졸업 때까지 결석하지 않는 것이 내 목표이다.

그러면 건강도 좋아질 것이라 믿는다. 일성여자중학교를 세워 주신 분들께 감사드린다. 우리에게 날마다 힘과 용기를 주시며 지도해 주시는 선생님들께 감사드린다. 초심을 잃지 않고 열심히 하겠다고 다짐해 본다.

알아가는 기쁨

| 박 유 순 |

　입학식이 가까워 오면서 내 마음도 덩달아 뛰기 시작했다. 드디어 입학식 당일 버스를 타고 마포아트센터로 가는 동안에도 마음이 구름에 떠 있는 듯, 하늘을 날아다니는 듯 했다. 입학식이 진행되면서 교장선생님께서 좋은 말씀을 많이 해주셨는데 그 중에서도 내 마음을 울렸던 것은 열네 살의 나이를 우리에게 주시겠다는 말씀이었다. 그 말씀을 듣는데 나도 열네 살이었던 적이 있었구나 하며 그때 그 시절이 주마등처럼 지나갔다. 그리고 나도 모르게 가슴이 뭉클해지면서 자꾸만 눈물이 흘렀다. 그 눈물이 슬픔의 눈물인지, 기쁨의 눈물인지, 감격의 눈물인지 모를 눈물이 벅차오르는데 참을 수가 없었다. 내 주변을 보니 다른 분들도 각각 저마다의 사연이 있으신 듯 눈물을 훔치는 분들이 많이 계셨다.

　입학식 다음 날 우리반 선생님께서 우리들이 그냥 학교를 다니는 것이 아니고 당당히 합격되어 다니는 것이니 자부심을 가지고 공부를 하라고 말씀하셨다. 그때 내 마음속에서 이런 생각이 들었다. 나도 누구의 아내, 누구의 엄마, 누구의 딸이 아닌 중학생 박유순, 그저 공부를 하고 싶어서 학교를 다니는 '중학생 박유순이다.'라는 생각이 내 마음속에 크게 자리 잡았다. 같은 반 학생들과 수업을 듣는데 모두들 하나라도 더 들으려고 열심히 노력하는 모습이었다. 나도 조급해 하지 말고 부지런히 따라가야겠다고 생각했다.

처음 학교에 등록했을 때만 해도 '내가 과연 할 수 있을까?'라는 생각을 수도 없이 했었지만 지금은 선생님을 믿고 따라한다면 끝까지 할 수 있겠노라고 생각한다. 학교에 갔다오면 가족들이 어땠냐고 묻는데 내 대답은 한결같다.

"배운다는 것이 정말 즐겁고 행복해요. 모르는 것을 하나하나 알아가는 것이 이렇게 즐겁고 기쁜 일이라는 것을 처음 알았어요."

수업 시간이 하루에 4교시뿐이라는 것이 너무 아쉽고 더 배우고 싶다. 그러나 앞으로의 학교생활이 마냥 쉽지만은 않을 거라는 생각도 해본다.

공부가 어려울 수도 있고, 학교에 다니는 것이 힘들 때도 있을 테지만 지금 이 마음을 가지고 끝까지 노력하겠노라고 다짐해 본다.

새로운 세상에서

| 이 강 례 |

　평범한 주부로 살고 있던 2년 전 어느 날 남편이 폐암으로 세상을 등졌다. 그리고 보니 하루하루가 너무나 쓸쓸하고 외로웠다. 주변 사람들이 집에 있으면 안 된다고 어디라도 가보라고 했다. 그래서 동네 복지관에 가 보았다. 처음에는 쑥스러워 눈치만 보다가 컴퓨터 추첨제가 있어 신청을 했더니 당첨이 되어 1주일에 3회씩 9개월을 배웠는데 배우는 과정에 영어가 나왔다. 한글만 겨우 알고 살아왔는데 영어가 나오니 너무 어렵고 눈앞이 캄캄했다. 대문자 소문자가 뭔지도 모르고 살던 내가 영어를 어떻게 하나 걱정이 되었고, 왜 이제껏 영어를 배울 생각을 하지 않았을까 하는 후회가 들었다.

　모르면 약이고 알면 병이라는 말은 옛말이다. 지금은 아는 것이 힘이다. 그럭저럭 복지관에 다니던 어느 날, 아는 동생이 언니 차라리 학교에 가는 것이 어떻겠냐고 하면서 일성여자중고등학교를 소개해 주었다. 처음에는 학교를 다닐 수나 있을까, 이 나이에 공부가 될까 많은 생각을 하다가 친구에게 전화를 했다. 함께 중학교에 가자고 했더니 우리도 이제 중학교에 가 보자며 흔쾌히 함께 해주었다.

그 길로 바로 학교로 가서 접수하고 기다리다 보니 어느덧 11월이 되었고 매주 토요일마다 학교로 특강을 들으러 왔다갔다 했다. 그러다 보니 공부가 재미있고 적성에도 맞는 것 같았다. 그래서 아들에게 학교에 간다고 말했다. 아들은 엄마 어떻게 그런 생각을 하셨냐고 하면서 정말 잘하셨다고 칭찬을 해 주었고, 며느리는 필통도 사주고 노트도 사주면서,

"어머니 열심히 하세요. 모두가 응원할게요." 라며 용기를 주었다. 특강을 들으며 즐겁게 공부하는 사이에 예비소집일도 오고 드디어 입학식 날도 돌아왔다. 그런데 하필이면 시동생이 돌아가셨다. 그래서 나는 어떻게 하나 걱정을 하니 아들은 작은아버지 장례식에는 자기가 갈 테니 걱정 말고 입학식에 가라고 했다.

돌아가신 시동생에게는 미안하지만 입학식에 와서 꿈에 그리던 중학교 입학식을 했다. 입학식 도중 전화가 와서 받아보니 작은아버지 장례식에 갔던 아들이 장례식 잘 마치고 끝나자마자 꽃다발을 사들고 내 입학식에 왔다는 것이다. 아들과 입학식 기념사진을 찍는데 옆의 사람들이 보기가 좋다고 하면서 부러워했다. 나는 그 순간 너무 기뻤다. 내 나이 72세에 중학교 입학식을 하고 아들로부터 축하 꽃다발을 받으니 새로운 세상을 사는 것 같았고 정말 날아갈 것 같았다.

입학식이 끝나고 며칠 학교생활을 했다. 선생님들께서는 하나같이 친절하시고 공부도 재미있게 가르쳐 주셨다. 학교에 오기를 정말 잘한 것 같다.

명품이 되고 싶은 나

| 안 옥 임 |

내가 초등학교 다닐 때 아버지께서는 위암으로 고통받고 계셨다. 나는 학교에서 돌아오면 매일같이 아버지 배 위에 쑥뜸을 떠 드리곤 했는데 그래도 차도는 없었다. 너무 고통스러워 하시던 아버지는 병원도 못 가 보시고 우리 5남매를 남겨둔 채 돌아가셨다. 어머니께서는 형편이 어려워 병원에 한번 못 가보고 돌아가시게 한 것이 한이 된다며 마음 아파하셨다. 아버지도 돌아가시고 농사를 지을 사람도 없어 우리는 서울로 이사를 했다. 서울에 와서는 나이를 올려 공장에 들어갔다. 친구들은 중학교에 가는데 나는 서울에 와서 공장에 다녀야했다. 나는 우리집 소녀 가장인 셈이었다. 버스를 타고 출근을 하는데 매일같이 어른 요금이 부담스러워 한 번은 학생 요금을 냈다. 그러자 버스 안내양이 왜 학생도 아닌 것이 학생 요금을 내느냐고 버럭 화를 냈다. 나는 그 학생이 아니라는 말에 마음이 서글퍼졌다. 또

스무 살이 될 무렵 남진의 '대학 1학년생'이라는 노래가 라디오에서 자주 나왔는데 그 노래를 안 들으려고 라디오를 끄곤 했다. 중학교도 못 간 나는 그 노래가 싫었다. 세월은 흘러 결혼도 하고 아이도 둘이 나 낳았다. 아이들이 커서 학교도 들어가고 학교 엄마들 하고도 자연스럽게 만나게 되었다. 하루는 1학년 엄마들이 청소하러 학교로 오라는 통지문을 받고 학교에 갔는데 엄마들끼리 쑥덕거리는 소리가 들렸다. '누구 엄마는 이대 나왔대.', '누구 엄마는 숙대 출신이라나봐.' 그런 소리를 들으니 주눅이 들었다. 내 아이들한테도 미안하고 그때부터 학교 엄마들하고도 잘 안 만났고 학교 행사에도 참석하지 않았다. 애들이 커서 중학교, 고등학교에 다닐 때쯤은 '학원비라도 벌어보자.'라는 마음에 직장에 다녔다. 직장생활을 12년 하고 정년퇴직을 하고 집에서 놀고 있는데 같이 시간을 보낼 사람이 없었다. 주민센터에서 하는 컴퓨터, 요가, 노래교실에 다녔다. 그런데 3개월이면 다시 접수하고 기존에 다니던 사람은 밀려나는 식이었다. 그러던 중 TV에서 우연히 일성여자중고등학교가 소개된 것을 보았다. 전화번호를 적어 놓았다가 전화를 해서 물어보니까 찾아오는 길도 자세히 가르쳐 주시고 토요일마다 입학 전 무료 특강이 있으니 참석하면 좋다고 하셨다. 그러나 한번도 참석을 못 하고 입학식 날이 되었다. 입학식장에는 많은 예비 학생들이 참석해 있었다. 입학식이 진행되고 학교 소개가 시작되었다. 이준 열사의 뜻을 이어받아 세운 학교이고 역사가 매우 오래 되었다는 것에 놀랐다. 음악 선생님의 맑은 목소리로 교가도 따라 부르고 입학 소감문을 읽어 내려갔을 때는 가슴이 울컥하며 눈물이 났다. 일성여자중고등학교 선배님들이 사회에 나가서 활발하게 활동하시는 것을 보니 너무 존경스러웠다. 교장선생님께서 나이가 들어서 배운 것을 기억 못 하면 어떡하나 하는 걱정은 말라시며 콩나물시루를 예를 들어 주셨다. 콩나물시루는 물을 주면 밑으로 다 빠져도 콩나물은 자란다고 말씀해 주셨다. 그리고 가장 늦었다고 생각할 때가 가장 빠른 것이라고 말씀하시며 나이 탓 하지 말라시며 86세 되신 분을 단상으로 모셨다. 60대는 젊은 쪽에 속하는 거라고 하시며 잘 배우고 익혀서 명품이 되라고 하셨다.

"여러 선생님들의 가르침을 잘 배우고 익혀서 졸업하고 나갈 때는 명품이 되겠습니다. 가난 때문에 진학의 꿈을 접어야 했었던 우리들에게 배움의 기회를 주신 일성여자중학교 교장선생님을 비롯하여 여러 선생님들께 감사드립니다."

행복한 입학

| 장 재 달 |

나는 작은 시골 마을에서 인정이 많으신 부모님 아래 2남 3녀 중 막내로 태어났다. 내가 여섯 살 때 동네에 전염병이 돌았는데 당시는 약이 귀하고 귀하던 시절이라 빨리 치료할 수 없었다. 장티푸스라는 병에 걸린 사랑하는 나의 엄마는 치료다운 치료도 받지 못하시고 몹시 앓으시다 안타깝게 돌아가셨다. 그 이후로 어린 나는 올케의 미움둥이가 되었다. 홀아버지 눈을 피해 가해지는 올케의 모진 냉대와 구박은 어린 가슴에 큰 상처로 남았다. 구박을 받을 때마다 돌아가신 어머니가 자꾸 생각나 남들 모르게 눈물도 많이 흘렸다.

내 나이 또래는 모두들 알겠지만 그 시절에 시골에서 여자가 공부하기란 여간 어렵지 않았다. 배움에 대한 열망은 있었으나 주위 사람들의 반대로 힘이 없는 나의 간절한 마음은 무심한 세월 속에 깊이 묻어야만 했다. 오랜 세월이 유수와 같이 흘러 내 나이 78세가 되었을 때 우연히 작은딸이 나에게 공부를 권했다. 두려움과 설렘이 마음을 억눌렀지만 어린 시절 배우지 못하였던 배움의 대한 열망은 나를 학교로 향하게 하였다. 낯섦 속에 양원초등학교에 입학하고 많이 힘들었지만, 미남 교장선생님과 자상하신 여러 선생님들, 동기들과의 만남으로 하루하루가 즐겁게 배우는 것이 기쁘기만 하였다. 4년이라는 세월은 나에게 너무 짧은 시간처럼 느껴졌다. 드디어 2015년 3월 일성여자중학교에 입학하였다. 나의 마음은 너무 즐겁고 행복하다. 새로운 배움과 새로운 친구들, 천사 같은 선생님들과 함께 하는 중학교 시절을 항상 즐겁고 기쁘고 감사한 마음으로 졸업할 것이다. 새로 만나게 된 인연에 감사하며 앞으로 행복한 학교생활을 하고 싶다.

입학을 하며

| 노복례 |

　때는 1956년 3월 나는 전북 군산 구암초등학교를 졸업하고 군산사범병설중학교 입학시험을 무난히 통과하여 합격통지를 받아 놓았다. 하지만 2년 전 아버지의 갑작스런 별세로 가정 형편이 어려웠던 상황이었다. 그래서 당시 오빠 셋을 공부시켜야 하는 엄마를 생각하며 중학교 진학을 포기했다. 그 후로 갈 길을 잃은 어린 나는 무엇을 찾아 어디로 가야 하나 생각하며 캄캄한 밤길을 더듬으며 58년의 세월을 걸어왔다. 지금 내 나이 72살. 2015학년도 3월 2일 서울 일성여자중학교에 입학을 허락 받았다. 58년 전에 희망의 푸른 동산에서 마음껏 노래하고 꿈꿔야 했던 소녀 시절로 이제야 돌아온 것이다.

　얼마나 그리워하고 얼마나 애태웠던 학업이었던가! 학교에 가고 싶고 공부가 하고 싶어서 정해진 시간표도 없는 책가방을 들고 도서관 문전을 서성이다 돌아온 것이 몇 번이던가. 산새도 둥지가 있고 들짐

승도 뛰노는 초원이 있는데 나는 푸른 날개를 펴고 날아보고 싶지만 지도하고 가르쳐 주실 선생님이 없었다. 재능 많고 끼도 많다던 나를 사랑하고 칭찬해 주시던 그리운 선생님, 보고 싶은 나의 선생님! 결국 공부할 때를 놓치고 가르쳐 주실 선생님도 놓치고 방황하던 나. 물을 떠난 물고기가 다시 물을 만나는데 이렇게 긴 세월을 흘러야만 했는가! 돌이켜 보니 뜨겁고 쓰라린 눈물이 솟아 앞을 가린다. 꿈은 이루어진다고 한다. 잃어버린 꿈들이여, 기다리는 나에게로 돌아오라. 이 예쁜 꿈들을 찾아 화려하게 장식하고 가꾸어 나갈 수 있도록 이제부터 "선생님 가르쳐주세요." 하고 나는 희망찬 가슴으로 외쳐본다. 아! 날아간 꿈들이여, 나에게로 돌아오라.

초심을 기억하며

| 김 미 자 |

어려서 엄마가 돌아가셔서 새엄마 밑에서 자랐습니다. 하지만 초등학교 5학년 때 새엄마가 저를 때리고 구박한다고 아버지께서 서울 큰아버지 댁으로 보내셨습니다. 큰집에서 몇 개월 지나고 나니 새엄마가 집을 나갔다고 연락이 와서 시골집으로 다시 내려왔습니다. 할머니께서 여자가 배워서 무엇에 쓰냐고 하는 바람에 친구들은 초등학교 6학년을 다니고 있었지만 저는 학교에 다니지 못했습니다. 선생님도 가정방문을 하셔서 초등학교는 마쳐야 한다고 하셨지만 아버지께서는 저를 학교에 보내주지 않았습니다. 친구들이 초등학교 졸업 후 교복을 입고 중학교 다니는 모습을 보면 부럽고 제 자신이 초라해 보이기까지 하였습니다. 그 후 서울에 올라와 직장 생활을 하면서 학교에 다니고 싶은 마음도 옅어지게 되었습니다. 어느덧 시간이 흘러 결혼을 하고 자녀들을 낳아 키웠고, 아들과 딸이 학교를 다닐

때 내가 공부를 못 해서 아이들 공부를 가르쳐 주는 것도 한계가 있었습니다. 그때 마음속에 기회가 된다면 학교에 다니고 싶다는 생각을 했지만 쉽게 공부를 선택할 수가 없었습니다. 직장생활을 하고 자녀들 키우면서 바쁜 생활을 했고 내 나이 40이 넘어갔습니다. 그 후에 직장을 다니면서 야간 검정고시 학원에 다녔습니다. 저는 초등 6학년을 이수하였고 중학교 과정에 들어갔습니다. 학원의 교육과정은 문제풀이 후에 시험에 합격하면 중학교 졸업장이 나왔습니다. 하지만 기초가 안 되어 있는 나는 중학교 과정을 몇 개월 공부해서 시험을 보는 게 쉽지가 않아서 결국 포기하였습니다. 그리고 10년이란 세월이 흘러갔고 내 나이 50세가 되었습니다. 요즘 많이 배운 젊은 사람들과 얘기하다보면 제가 무식하다는 것을 느끼게 되었습니다. 남편은 나에게 직장생활 안 하니 공부하라고 제안을 하였습니다. 남편은 저의 든든한 후원자입니다.

작년에 TV에 '다큐 3일'에 일성여자중고등학교가 방영되는 것을 보았습니다. 나이드신 분들이 공부를 못 한 상처를 갖고 공부를 즐겁게 하는 모습들을 보면서 이곳이 내가 가고 싶었던 학교라는 생각에 등록을 하였습니다. 입학식 때 교장선생님께서 나이 탓, 주부 탓, 시간 탓을 하지 말라는 말씀에 고개가 저절로 끄덕여졌고 용기가 났습니다. 축하공연으로 국악부 선배님들의 공연이 있었는데, 선배님들이 열창하는 모습에 감동을 받았습니다. 나도 동아리에 들어서 선배님들처럼 해 보고도 싶었습니다. 입학하여 멋진 유정호 선생님을 만나게 해주심도 감사하고 좋은 언니들과 함께 공부할 수 있게 되어 그

것도 감사합니다. 선생님께서 우리 학교는 졸업장만 주는 것이 아니라 나에게 필요한 지식을 얻어가는 곳이라는 말씀에 제 것으로 만들기 위해서는 최선을 다해야겠다고 다짐해 봅니다. 고등학교 졸업까지 초심을 잃지 않고 열심히 하겠습니다.

나의 꿈을 향하여

| 김 종 금 |

　나는 2015학년도에 일성여자중학교에 입학했다. 너무 감개무량하다. 우리 집에는 대추나무 한 그루가 있다. 어느 날 우연히 나온 그 대추나무는 작고 볼품이 없었다. 처음에는 키우는 방법을 잘 몰라서 물만 주었다. 누군가가 쌀뜨물을 섞어서 주면 잘 자란다고 하여 정성껏 쌀뜨물을 주고 해마다 밑거름도 주며 잘 돌보고 키웠다. 지금은 키도 클 뿐 아니라 대추도 많이 열려 볼 때마다 흐뭇함을 느낀다. 올해 대추를 털어서 이웃과 나누어 먹는 즐거움도 맛보았다. 잘 크는 대추나무를 바라보다 문득 나를 뒤돌아보니 나는 나이만 많이 먹었지, 잘 커서 대추도 많이 열리는 대추나무처럼 균형 있게 살지 못했다는 생각이 들기 시작했다. 그래서 대추를 많이 내놓는 대추나무처럼 내 삶을 풍성하게 하고 내 인생의 결과물을 내고 싶어서 공부를 하기로 마음먹었다. 내 나이 79세. 내일이면 80세를 바라본다. 대추

나무야, 우리 가족과 함께 건강하게 오래도록 행복하게 잘 살자꾸나!

우리 담임선생님의 부끄러운 제자는 되지 않도록 스스로를 갈고 닦는 학생이 되어 대추나무처럼 훌륭한 결실을 맺을 것이다. 우리 일성여중과 선생님들을 만나 공부하게 되어 너무 행복하다.

약속

| 양 병 순 |

  초등학교 입학식 날. 감색 맹꽁이 운동화에 빨간 점퍼, 가슴엔 하
얀 손수건과 이름표가 달려 있었다. 아버지의 손을 잡고 걸어가는 나
는 좋아서 어쩔 줄 몰랐다. 마치 훈장이라도 단 것 같은 기분이었다.
어린아이 걸음으로 1시간 넘게 걸어 다녀야 했지만 학교생활은 너무
즐거웠고 재미있었다. 어느덧 세월이 흘러 오십여 년이 지났어도 담
임선생님이셨던 최경자 선생님은 지금까지 잊혀지지 않고 내 가슴속
에 단아하고 예쁜 모습으로 남아계신다. 1학년 2학기 때 집하고 조
금 더 가까운 곳에 갈마초등학교가 설립되어 전학을 가게 되었다. 친
구들과 헤어지는 것보다 선생님을 뵐 수 없다는 것이 너무나 슬펐다.
뒷걸음치며 나오는 나를 담임선생님께서 정문 앞까지 배웅해 주셨
다. 그리고 꼭 껴안아 주시며 훌륭한 사람이 되려면 울지 않는 거라
고 말씀하셨다. 또 언제든지 보고 싶으면 찾아오라고도 하셨다. 나

는 다음에 커서 꼭 선생님처럼 되겠다고 마음먹었다. 그러나 현실은 그렇지 못했다. 며칠 전 입학식에서 선배의 입학 소감을 들었다. 나도 모르게 '흑' 하고 눈물이 쏟아졌다. 그 사람은 형제가 여섯인데 딸 다섯과 아들 하나라고 했다. 가정 형편이 어려웠고 딸이라고 공부를 시키지 않았다고 했다. 우리 집은 딸 여덟에 아들이 하나인 구남매였고 남들이 부러워할 만큼 잘 사는 집이었다. 친구들은 초가집에 호롱불 밑에서 생활했지만 우리는 전기도 들어오고 가전제품도 거의 갖추고 있었다. 그런데 언제부터였을까? 살림은 점점 기울어져 갔고 사업을 하셨던 아버지는 자포자기하고 집안에 들어앉게 되셨다. 어머니께서 생계를 이어가셨고 남에게 뒤처지지 않게 하려고 정말 열심히 최선을 다해 사셨다. 6학년 때 담임선생님께서 진학문제로 찾아오셨다. 그러나 나는 진학할 수 없다는 것을 알고 있었다. 괜히 어머니, 아버지께 죄송한 마음이 들었다. 비록 공부를 더 하지는 못했지만 후회하거나 부모님을 원망해 본 적은 없다. 나는 늘 나를 사랑하고, 할 수 있다는 자신감을 갖고 살아왔기에 기회는 항상 주어지는 것이라 생각했고, 때가 되면 공부는 하면 되는 것이라고 스스로를 위로했었다. 초등학교를 졸업하고 나는 4H클럽 회장으로 활동하며 마을 일에 힘썼다. 농촌진흥청의 지원을 받아 탁아소를 운영하며 아이들을 지도하고 가르쳤다. 산과 들로 다니면서 정서를 기르게 하고 한글과 산수도 가르쳤다. 아이들하고 보내는 시간은 정말 재미있고 즐거웠다. 우리 마을은 단합도 잘 되고 수확도 늘어났으며 범죄 없는 마을로 선정되어 '빛나는 마을'이라는 비석도 세우게 되었다. 그러던 어느 날 서울로 시집 간 언니로부터 서울로 올라가자는 얘기를 들었다. 부모님도 서울로 가서 큰물에서 지내보라고 허락해 주셨다. 사실 우리가 망하지 않았다면 우리는 다 서울로 올라와 공부를 했을 것이다.

아무튼 나는 바로 위에 언니와 같이 서울로 올라와 대기업에 취업을 했다. 회사의 자제과 사무실로 첫 출근을 했다. 멋진 유니폼을 입은 나는 옆구리에 서류철을 끼고 결재를 받기 위해 총무과로 갔다. '드디어 해냈어!' 난 속으로 소리를 지르며 세상 모든 것을 다 가진 기분이었다. 회사에서 귀염을 독차지하며 열심히 일했고 밤에는 야학당에서 학업을 계속했다. 파출소에서 우리같이 배우지 못한 사람들을 위해 대학생들이 공부를 가르쳤다. 그러나 그곳도 오래가지 못했다. 대학생들이 졸업해서 더 이상 가르칠 수 없었기 때문이었다. 의지는 있었지만 뜻대로 되지 않았고 결국 나는 학업을 중단하게 되었다. 직장생활을 열심히 하던 중 지금의 남편을 만나 결혼을 했고 딸 둘을 낳아 대학까지 모두 졸업시켰다. 지난 날 학업을 중단하며 나는 나와 약속을 했다. 언젠가는 꼭 다시 시작하겠노라고. 그러던 중 아마 작년 봄쯤이었나 보다. TV에서 다큐 3일이라는 방송을 했는데 일성여자중고등학교가 나왔다. 주부들이 다니는 학교라고 했다. 사실 나는 마음속으로 늘 기다리고 있었다. 내가 다닐 만한 학교가 없나 하고. 그런데 내가 생각했던 바로 그 학교가 TV에 나온 것이었다. 망설일 틈도 없이 전화를 걸었다. 방문하시라는 안내를 받고 한걸음에 달려가 상담을 했다. 그리고 올해 나는 입학을 했다. 상상만 해도 가슴이 벅차올랐다. 그토록 갈망하며 채우려 했던 것을 채울 수 있어서.

여기 일성에서 그 옛날 나와 했던 약속을 나는 지키게 될 것이다. 교장선생님께서 말씀하신 14세 소녀로 돌아가 열심히 공부하고 급우들과도 우정을 나누며 익숙하지 않아 부족한 것들은 익숙해지도록 노력하며 나의 빈 공간을 차곡차곡 채워보려고 한다. 매 시간이 나는 행복하다. 선생님 말씀에 귀를 쫑긋 세우고 '호호 하하' 하면서 즐겁게 열심히 학교생활을 해 보련다. 내가 무엇이 꼭 되겠다는 것이 아니라 무엇을 해야 할 것인가를 고민하면서.

내 꿈을 이루던 날

| 오병복 |

  아! 정말 어두운 긴 터널에서 무엇인가 빛이 조금씩 눈에 들어오는 이 순간들. 그 긴 세월이 흘러 이제야 꽁꽁 얼었던 가슴이 따뜻한 봄의 햇살을 맞으며 눈 녹듯이 따스함을 느껴본다. 옛날에는 새하얀 옷깃에 검은색 플레어 치마, 예쁜 교복을 입고 가는 그 모습을 부러워 보이지 않을 때까지 바라보곤 했는데…… 참 많은 세월이 굽이굽이 흘러 이제 60세를 맞아 새하얀 머리로 두꺼운 패딩잠바를 입고 설레는 마음으로 학교를 향해 지하철에 몸을 실어 본다. 그런데 왜 눈물이 이렇게 흐를까? 난 지하철을 타고 오는 내내 눈물을 감추며 입학식장에 도착했다. 애국가를 부르는데 왜 이리 가슴이 터질 것 같은지 희열을 느껴본다. 교장선생님의 말씀이 마음속에 잠자고 있던 것을 모두 일깨워 주시는 듯했다. 또한 선배님들의 백일장과 시를 읽는 시간에는 내 마음을 전해주는 것 같아 하염없이 뜨거운 눈물이 솟았

다. 그 눈물이 마음속으로 흘러내리며 그 동안 쌓인 서러움이 눈 녹듯 흘러내리는 것만 같았다. 내 인생에서 가장 기쁜 날은 2015년 3월 2일이다. 내 꿈을 열어서 펴게 해 준 곳이 일성여자중학교인 것이다. 나는 일성여자중학교를 다큐 3일에서 보고 도전하고 싶은 마음이 들어 메모만 해 놓았었는데 외손녀를 돌보고 있어서 바로 입학하지 못하고 올해 딸에게 부탁하여 인터넷으로 일성여자중학교를 찾아 전화를 하고 입학을 하게 되었다. 거리가 멀어 처음에는 고민도 하고 망설이기도 했지만 '일성'이라는 이름이 왠지 끌리고 마음에 와 닿아서 입학을 결심했다. 난 앞으로 우수한 학생이 될지 안 될지는 모르지만 교장선생님의 말씀대로 '나이 탓, 시간 탓, 주부 탓' 3탓을 버리고 오늘에 최선을 다하는 학생이 된다는 목표를 세워 실천해 나갈 것이다. 1-8반 배정을 받고 교실에 들어오니 아늑한 교실 안에 학우들도 집념이 강해 보인다. 우리 담임선생님께서도 열정적으로 대해 주시는 것이 정말 따뜻한 어머니의 마음 같은 느낌이었다. 그동안 못 배웠던 학업을 여기 일성여자중고등학교에서 펼치리라 믿으며 나의 큰 꿈을 이루기를 마음속으로 다짐해 본다. 나의 새로운 도전에 스스로 축하하며 앞으로 큰 꿈을 위하여 나아갈 것이다.

타임머신을 타고 보석광산으로

| 김 혜 숙 |

  2015년에 내 나이 58세, 나는 일성여자고등학교에 입학을 했다. 가슴 벅차고 너무나도 감사하다. 초등학교 6학년 때, 서울에서 살던 나는 부모님의 형편을 따라 본적지에 가서 중학교를 마치고 다시 서울로 올라왔다. 딸 넷과 아들 하나인 5남매 중 장녀로, 부모님을 도와 가사를 돌보며 동생들을 보살펴야 했다. 고등학교에 진학하고 싶었지만 그 마음을 입 밖으로 한 번 내보지도 못하고 가슴앓이를 하며 공부에 대한 미련을 가슴 밑바닥에 묻어두고 42년을 살았다. 그러다 지금에서야 그렇게 가고 싶던 고등학교에 입학을 하게 된 것이다. 이후 결혼을 하여 두 아들을 잘 키워내기 위해 잘 배우지는 못했지만 최선을 다해 좋은 엄마가 되려고 노력하였다. 가끔 아이들에게 "얘들아 너희들이 대학을 마치면 그 때부터 엄마는 공부할 거야. 그러니 좀 도와주렴." 하며 배우지 못한 것에 대한 아쉬움을 간간히 내

비치곤 했었다. 그런데, 그 선물이 이렇게 오리라고는 생각지도 못하였는데 현실이 되었다. 두 조카아이들을 돌보며 친정어머니와 함께 하루하루를 살아온 세월이 어느덧 17년째이다.

작년 3월 어느 날, 스무 살 무렵부터 교회에서 봉사를 하며 신앙생활을 같이했던 40년지기 친구인 김양근에게 일성여자중고등학교에 대한 이야기를 듣게 되었다. 그 친구에게 "나도 하고 싶다. 고등학교에 가고 싶어."라고 말한 것이 이렇게 기회로 다가올 줄이야. 작년 10월 일성여고 행정실로부터 전화 한 통을 받았다. "저는 아직 등록을 하지 않았는데요."라고 말하니, 이미 오래 전에 등록신청서가 제출되었으니 와서 수업을 한 번 들어보라는 것이 아닌가? 하고 싶고, 가고 싶다는 말 한마디에 흔쾌히 등록금을 내주고 친히 입학원서를 작성해 준 사랑하는 내 친구 김양근의 배려와 안내에 감동을 받았다. 항상 공부를 시키지 못한 것에 대한 미안함으로 마음이 무거웠던 82세의 노모께 제일 먼저 기쁜 소식을 전하였다. 어릴 적 나의 꿈은 초등학교 선생님이 되는 것이었다. 그 꿈은 이루지 못했지만 다음에 손자를 보게 되면 더욱 당당한 내가 돼야지. 능력 있는 할머니가 되어 더욱 당당해져야지 혼잣말을 해 본다. 난생처음 타보는 아침출근시간의 지하철 7호선은 그야말로 콩나물시루를 연상시켰다. 지하철을 갈아타고, 또 마을버스로 환승하여 학교를 온다는 것이 힘에 부치기도 하다. 아직까지는 하던 일 모두를 내려놓을 수 없어서, 수업 후에는 곧바로 집에 가지 않고 친정어머니 집으로 가서 일을 해야 한다. 몸은 좀 피곤하지만 마음은 얼마나 좋은지 모른다. '오늘은 무얼 배우는 날일까?' 하며 설레는 마음으로 등교를 한다.

입학식 날에 교장선생님께서 콩나물시루를 보여주시며, "이 콩나물시루에 물을 주었는데 물이 있어요, 없어요?" 하고 물으시며, 물을 주었어도 물은 다 빠지고 없지만, 콩나물은 자란다고 말씀하셨다. 그리고 "사람은 배운 만큼 행복해 진다."라고 하시며 타임머신을 타고 열여섯 살 소녀로 돌아가자고 하셨다. 그 말씀에 빙그레 웃으며 입꼬리를 올려본다. 그리고 일성학교를 '보석광산'이라고 하시며 무궁무진한 보석을 선생님들을 통해서 마음껏 캐어 가라고 하신 말씀이 나에게는 가장 큰 힘이 되었다. 한편으론 걱정이 되는 것도 사실이다. 한자며 영어, 수학, 윤리 등등 중학교 과정부터 탄탄하게 준비해 온 사람들이 부러웠다.

하지만 설명을 듣고 돌아서면 금방 잊어버리는 나이 많은 학생들에게 자상하면서도 친절하며, 반복학습이 몸에 배어 있는 배려심 깊은 선생님들을 믿는다. 선생님들이 이끌어주시는 대로 잘 따라가며 2년 동안만 잘 참고 다니자고 다짐한다. 이제라도 이런 기회를 주신 하나님께 감사하며 협조해 준 사랑하는 친구와 가족들에게 고마운 마음으로 이제 즐겁게 보석을 캐러 간다. 물을 다 흘려보낸 콩나물시루처럼 듣고 잊어버릴망정 지식의 물을 받아먹으려고 보석광산을 향하여 문 밖을 나선다.

제2의 인생

| 김 송 자 |

2015년 3월 2일, 드디어 제2의 인생 항해를 시작하는 날이 밝았다. 들뜬 마음을 가라앉히며 입학식장으로 가는 버스를 탔다. 중학교를 마치고 30년이라는 긴 세월을 지나 이제 배움의 배를 타고 항해를 시작하려고 한다. 그 동안 배우지 못한 서러움과 배울 수 있다는 기쁨의 눈물이 밑바닥에서부터 차오르더니 눈가로 흘러내린다. 누가 볼세라 얼른 눈물을 훔치고 드디어 대흥역에 도착하여 입학식장으로 향하였다. 추운 날씨 속에서도 곱게 한복을 차려 입은 선배님들의 환영에 또 한 번 감격의 눈물이 흐른다. 입학식이 시작되어 국기에 대한 경례와 교훈, 교가 제창을 하였다. 참으로 너무나 오랜만에 불러보는 것들이다. 이어진 교장선생님의 훈화 또한 새롭게 시작하는 나에게는 꿈 같은 말씀으로 가슴에 와 닿는다. 그래, 이제 아줌마 타령, 나이 타령은 저 깊은 바다에 던지고 16세로 돌아가자. 실제 16세

일 때는 아무것도 모르고 사회생활을 하며 힘든 시간들을 보냈지만, 16세로 돌아간 지금은 꿈 많고 할 일 많은 여고 1학년이다. 친구들도 많이 사귀고 많이 웃고 많은 것을 배우는 시간으로 돌아가자. 2년이라는 시간을 나에게 준 일성여자고등학교에 감사하면서 열심히 공부하고, 열심히 놀고, 열심히 봉사하며 지내자. 오늘도 나는 수업시간마다 하나라도 놓칠세라 선생님의 말씀에 귀는 쫑긋, 손은 부지런히 움직이며 수업을 듣는다. 이제 나는 꿈 많은 여고생으로, 시간의 배의 선장이신 교장선생님의 진두지휘하에, 부선장이신 선생님들의 보살핌으로 졸업이라는 항구를 향하여 멋지게 출발!

오십 년 만의 입학

| 황 연 순 |

축! 입학 고등학교 1학년 3반 배정.

3월 2일 9시 20분 마포아트센터 입학식 참석바람.

학교에서 보내준 문자를 확인하고 또 확인하면서 이제 내가 정말 고등학교에 들어가는구나! 떨리고 기쁜 마음에 마냥 즐거웠다. 이것이 얼마만인가? 오십 년 만이다.

입학 전 학교에서 해주는 고입 예비 특강을 들으러 가는 길. 이미 일성여자중학교에서 공부를 마쳐 학교 일정이나 운영에 익숙한 친구들이 입학한 것이 대부분이고, 나처럼 겁 없이 바로 고등학교에 입학한 친구들은 몇 명 되지 않아 공부보다도 적응이나 잘 할 수 있을지 걱정이 앞섰다.

그래도 어디를 가나 좋은 사람은 있다. 특강을 들으며 알게 된 네 명의 할머니들과 떡볶이 집으로 향하면서, "우린 여고생이야. 어묵도 먹고 껌 씹으면서 좁은 공간에 모여 깔깔 웃어보자."라며 여고생이 하는 것 우리도 다 해보자고 서로들 맞장구를 쳤다. 마음이 따뜻해졌다. 아니 눈시울이 뜨거워졌다. 정말 내가 원하는 여고생활의 낭만은 이런 것이기 때문이다.

하지만 현실은 이랬다. 예비 특강이지만 내용이 굉장히 어려워 저녁이면 특강에서 배운 것을 사위한테 물어보며 복습하는데 머릿속은 캄캄한 터널 속에 정지된 것 같았다. 몇 번 가르쳐주고 설명해보라면서 양팔을 팔짱을 끼고 나를 바라보고 있으니 말이다. 내 신세가 완전 고양이 앞에 쥐 신세였다. 학교에서 시험 볼 걱정이 태산이다. 때론 사위가 "장모님 수학공부 안 하셔요?"라고 하면 "아휴! 머리아파. 그냥 즐기면서 다녀야 할 것 같아."라며 속마음의 걱정과는 다르게 여유를 부려 보이다 특강이 마무리 되었다. 그래도 언제든지 나의 가족들은 나를 든든하게 지켜주며 도와줄 후원자임에는 분명하다.

3월 2일 아침. 국기에 대한 경례, 애국가를 부르고 교가를 부르니 옛 기억들이 떠오르면서 학생이 된 기분에 가슴이 벅차올랐다. 일성여자고등학교로 인하여 좋은 만남과 인연으로 서로 돕는 학우가 되어 나는 일성 여고생으로서 많은 것을 느끼며 체험하고 배워서 '종현이 할머니, 윤미 엄마, 장모님, 어머님'이 아닌 '진정한 나, 황연순'이 되었으면 하는 마음이다.

내일은 어떤 시간이 나의 마음을 떨리게 할까? 하루하루 학교생활이 기대된다.

행복한 날

| 윤연옥 |

나는 2015년 3월 2일 입학식을 하였습니다. 아마도 내 인생에 잊지 못할 날 중에 하루일 것입니다. 그 예쁜 교복을 입지는 못했지만, 어린 16세 소녀는 아니지만 머리가 희끗한 나의 모습도 아름다운 학생이었습니다. 일성여자중고등학교의 입학식장으로 가는 나의 발길은 가볍고, 마음은 매우 기쁘고 설레었습니다. 만나는 모든 사람들이 축하해 주는 것 같은 기쁜 생각도 들었습니다. 입학식장에는 가족과 함께 온 친구들도 많았습니다. 우리가 서로 축하 인사를 건네니 나무 위의 새들까지 축하해 주는 것 같았습니다. 나는 입학식에서 올해 입학생 579명을 대표해서 선서를 하는 영광을 안게 되었습니다. 근엄하신 교장선생님 앞에서 모든 학생의 바람을 선서하고 보니 가슴이 벅차올라 눈시울이 붉어졌습니다. 반을 배정받고 선생님을 만나 뵈니 정신이 번쩍 들었습니다. 우리 담임을 맡으신 김은경 선생님은 교

실에 와 계셨습니다. 선생님께서는 반갑게 인사를 하고 간단히 자기소개를 했습니다. 평소에 내가 흠모했던 김은경 수학 선생님이 담임 선생님이 되어서인지 더욱 즐거운 고등학교 생활이 될 것이라 예감했습니다. 한편 친한 친구들과 헤어지는 아픔도 있었습니다. 1년 동안 같이 생활하다가 갑자기 헤어지니 허전한 마음을 어찌 달래나 슬프기도 합니다. 아마 마음이 성장하는 데 필요한 과정인 것 같습니다. 고등학생이 된 올해, 나의 목표는 책도 많이 읽고 학교에서 하는 행사에도 적극 참여하여 후회 없는 여고생활을 하는 것입니다. 선서에서 그랬듯이 가정과 국가발전에 이바지할 수 있는 재원이 되기 위해 착실히 공부하고 많은 경험을 하는 학생이 되겠다고 다짐해봅니다.

勿失好機(물실호기)

| 우 영 희 |

　배우지 못한 것이 한이 되어 살아온 많은 세월을 되돌아보면 살면서 가장 힘든 것은 가족에게 너무 미안했던 것이었다. 특히 묵묵히 참아주고 이해해 주는 남편이 있기에 지금 내가 있다는 생각에 항상 감사하다. 늘 공부를 해야겠다고 생각은 했지만 기초가 없는 나로서는 어디에서 어떻게 해야 하는지 알지 못했다. 그러던 어느 날 친구의 소개로 일성여중에 가게 되었는데 가보니 너무 어렵고 힘들었다. 생소한 한자시험, 영어를 암송하는 시험을 볼 때면 무슨 죄지은 사람마냥 얼마나 가슴이 떨리고 두려웠는지 모른다. 그러나 시험을 자주 보다 보니 이제는 좀 익숙해진 것 같다.

　그러던 때가 엊그제 같은데 중학교 졸업을 하게 되었다. 졸업 전날 좀처럼 잠이 오지 않았다. 난 그렇게 하고 싶었던 중학교 졸업을 하면서 너무 기쁘고 행복했다. 세상을 다 얻은 것 같았다. 졸업식 날

저녁에 남편에게 "여보, 나 이제 졸업앨범 있어요."라고 말하며 보고 또 보고 했다. 남편이 앨범을 보더니 가문의 영광이라며 앞으로도 열심히 하라고 격려를 해 주었다. 이제는 일성학교가 너무 좋다. 정든 여러 선생님들과 학교에 가면 격이 없는 우리끼리 서로를 도우며 함께 할 수 있는 친구들이 있기에, 늘 웃음과 사랑으로 따뜻하게 맞이해 주는 선후배가 있기에 항상 즐겁고 기쁘다. 더욱 고맙고 감사한 것은 사랑과 열정으로 가르쳐 주시는 여러 선생님들과 교장선생님이 계시다는 것이다. 그러나 한편으로는 또 걱정도 된다. 고등학교는 공부도 더 많이 해야 하고 더 어렵다고 하니 말이다. 생각해보면 중요한 것은 어제와 오늘 그리고 내일이 고통스러워도 모레는 아름답다는 생각으로 삶을 대하는 태도가 아닐까? 요즘 학교를 가면서 나 혼자 중얼거리며 미소를 짓는다. 사람에게는 주어지는 기회가 있다. 勿失好機. 고등학교를 포기하는 사람에게 주어진 기회를 놓치면 세월이 가고 반드시 후회할 거라고 말해 주고 싶다. 나도 많이 망설였는데 지금 생각하면 정말 잘 한 것 같다. 열심히 공부해서 대학까지 갔으면 좋겠다. 이 나이에 공부를 할 수 있기에 난 너무 행복하다. 선생님 감사해요. 사랑해요.

이 세상에서 가장 행복한 여자

| 김 옥 례 |

약간은 차갑지만 봄을 맞이하는 3월에 입학을 하였다. 세상의 모든 사물들은 아름답고 좋아 보인다. 나의 학교, 나의 교실, 나의 선생님, 나의 학우들을 생각하며 벅찬 가슴을 안고 학교에 왔다. 중학교를 산업체 학교로 졸업하고 고등학교를 입학하였으나 힘이 든다는 이유로 중퇴하고서 사회에 진출하였다. 사회생활을 하고 나이가 들어 26세에 남편을 만나 결혼을 하였지만 생각 차이로 서로 대화를 많이 하지 못한 채 결혼생활을 시작하였다.

결혼 후 고등학교를 졸업하지 못 한 것을 알게 된 남편은 '공부를 하라, 검정고시를 보라.'며 나의 마음을 힘들게 했다. 그 때는 왜 이렇게 자신이 없었는지 공부말만 나오면 자존심이 상하고 배신감마저 들었다. 그렇지만 남편은 포기하지 않고 20여 년이 지난 후에도 나에게 계속 공부를 권하였다. 그런데 나의 마음은 왜 이렇게 요지부동인지. 내내 마음이 열리지 않다가 결혼 25년이 지난 후에야 녹기 시작하였다.

이제는 공부하라는 말이 나와도 자존심이 상하지 않았고 미워하지도 않았다. 남편이 군생활을 하면서 열 번 이상 이사를 하였고, 남편의 직책을 생각하며 더 표현할 수 없었던 나의 마음이었을 것이다. 하지만, 지금 자존심은 어디론가 가버리고 아이들과 시댁에 고등학교에 입학한다고 당당하게 말할 수 있는 용기도 생겼다. 감사할 일이다. 나이가 들어서일까? 표현할 수 없는 무언가 있는 것 같다. 학교를 입학하고 말할 수 없는 행복감이 찾아왔다. "여보 잘 했어"라는 남편의 그 말 한마디로 왜 이리 흐뭇하고 든든한지.

"여보, 고맙고 감사하고 존경합니다. 이 세상에서 가장 행복한 여자로 살게 해주어서 감사합니다."

학교를 다닐 수 있게 해주신 교장선생님과 모든 학교 관계자에게 감사합니다.

새로운 꿈에 다시 도전하며

| 김 숙 자 |

　막상 입학소감문을 쓰려니 일성중학교에서의 2년이라는 시간뿐 아니라 지난 과거들이 파노라마처럼 머릿속에 펼쳐진다. 중학교 입학원서를 낸 것이 엊그제 같고 무엇 하나 완벽하게 해 낸 순간도 없이 중학교를 졸업하고 고등학교에 입학했다. 환갑을 바라보는 나이에 다시 공부를 시작하겠다고 한 처음의 결정도 어려웠지만, 가깝지 않은 통학거리와 밤에는 30년간 해 온 밤 시장 의류일도 놓을 수가 없어 일하고 공부하는 것이 쉽지 않았다. 또한 낮에는 온전히 잠만 자도 모자란 시간을 8남매 종갓집 맏며느리로서의 대 살림과 90이 넘으신 시어머님을 모시는 데 써야 했다. 제각기 분가는 했어도 아들딸과 손자, 손녀들까지 챙겨야 하는 대한민국 슈퍼맘으로 살아야 하는 현실이었다. 그러다 보니 내가 받았던 중학교 졸업장을 아무도 알아주지 아니할지라도 지난 2년간 뿌린 나의 노고에 대한 감사패라 아니

할 수가 없다. 그래도 시작이 반이라고 했던가. 지금도 많이 부족하지만 감사한 것은 누구에게나 똑같이 주어지는 24시간의 하루와 일주일, 한 달 그리고 1년이라는 시간들을 효율적으로 분배하여 알차게 공부하는 방법을 터득한 것이다. 뜻이 있는 곳에 길이 있다고 많은 도움의 손길도 축복으로 받게 되었다.

초등학교에 다니던 어린 나이에 친정엄마가 천국으로 가시고 3남 1녀의 막내이자 '여자'라는 이유 하나만으로 나는 친정아버지와 세 오빠들의 살림 뒷바라지를 해야만 했다. 시대적인 인식과 자라난 가정환경 속에서 학교 진학은 어느 순간 자연스레 물 건너 가버렸지만 돌이켜 보면 살면서 내 가슴 깊숙한 곳에 원망어린 아쉬움은 남들은 다 받는 '학교'교육을 받지 못했던 것이었다. 일찍 결혼도 했지만 남편은 8남매의 장남이었고 홀시어머니가 계시고 철없는 시동생들의 뒷바라지까지 해야 하는 대한민국 장남 부부의 어깨는 늘 무거웠고, 우리 부부의 삶 또한 매일매일 바쁘고 각박하고 힘들기만 했다.

세월은 흐르고 흘러 30년 간 이어온 의류업은 불황 중에도 감사하게 여전히 성업 중이다. 주위에서는 성공했다고 하는 감사한 삶이었지만 늘 내 마음 한구석에는 이루지 못한 갈급한 열망이 자리 잡고 있었는데 그것이 공부였다. 그런 와중에 지인소개로 일성여자중고등학교를 알게 되었다. 우리 반 친구들과의 끈끈한 우정과 학생들의 사정을 다 아시는 학교 선생님들의 특수한 사역과 노고, 각종 대내외 활동들에서 얻어지는 소중한 경험들을 쌓게 되었다. 세상을 더 넓게 보는 시야가 생기면서 나에게도 새로운 꿈이 생겼다. 의상학과에 지원하는 것이다. 그리고 그 꿈을 이루기 위하여 고등학교도 지원하였고 머지않아 대학생도 될 것이다. 그러니 또다시 도전이다.

자아를 찾아서, 꿈을 향해서

| 임 진 애 |

　나는 또다시 꿈을 꾸어본다. 작년에도 그랬듯이 올해도 부푼 꿈을 안고서 설렘 반, 기대감 반, 그리고 왠지 모를 약간의 어색함과 부담을 느끼면서도 '임진애, 넌 할 수 있어, 얼마든지. 아니, 작년보다 더 잘 할 수 있어. 겁내지 말고 부담 갖지 말고 지난해처럼 열성을 가지고 한 번 더 해보자.'라는 말을 수십 번 외치며 이곳 일성이라는 급행열차에 몸을 살짝 실었다. 말로도 듣고 TV 뉴스를 통해서도 보았고 '다큐 3일'이라는 프로에서 보던 주인공들처럼 일성 급행열차에 올라탄 이상 많은 추억을 가진 성실한 여고생으로서 앞으로 쭉쭉 나가게 되리라 굳게 믿으며 열심히 따라가려 한다.

　초등 과정을 끝으로 학업을 중단한지 어느새 시간이 흘러 40년이 지났다. 그러나 시간이 가면 갈수록 내 학업에 대한 열망은 점점 더 커져갔다. 그 열망이 극에 달할 때 즈음, 나는 예전에 사촌 언니가 다니던 양원주부학교 중등과정에 입학하게 되었고, 검정고시를 통해 고등 과정 자격을 얻게 되면서 더 많은 꿈을 꿀 수 있게 되었다.

40여 년이 흐른 뒤 다시 공부를 해보겠다고 했을 때(학교에 가겠다고 했을 때) 남편과 아이들의 표정이 지금 이 순간에 떠오르는 것은 무슨 이유일까? 아마도 짐작하건데, '중도에 포기하는 거 아니야?', 또는 '정말 할 수 있겠어?' 등의 근심, 걱정이었을 것이다. 그때 당시에는 그런 반응들에 서운했다. 그러나 그런 걱정들은 정말 즐겁고 재미있게 공부하는 나 때문에 사라졌다. 남편은 알게 모르게 날 도와주고 격려해 주었다. "기초 한문책이 지나가다가 보이길래 당신 필요할 것 같아서 사왔어."라며 말없이 식탁에 놔두기도 했고, 큰 딸 역시 필요한 학용품을 사다 주며 "열심히 공부해요, 엄마." 하고 응원해주기도 했다. 또 우리 아들은 친구들과 술 한 잔하고 늦게 들어오는 날이면, 그 늦은 시간까지 열심히 공부하는 날 보곤 "엄마, 공부가 어려울 텐데 힘들지 않으세요? 엄마의 그런 열정적인 모습, 참 보기 좋아요. 엄마 굿이에요."라고 이야기해 주었다.

지금 난 너무 행복하다. 하지만 공부하는 과정이 항상 즐겁지만은 않다. 모르는 게 너무 많아 가슴 한편이 답답하고 머리도 아프다. 그러다보니 아이들에게 자주 묻게 되는데, 그런 과정에서 서로 예민해지기도 하고 심할 때는 싸우기도 한다. 물론 그러면서 하나씩 천천히 알아가는 것도 있다. 하지만 그렇게 일 년이 지난 지금도 나는 여전히 모르는 게 너무 많기 때문에 아직도 배움에 목마르다. 학교 교실 안에 들어가 앉으면 나는 무척이나 행복해진다. 한편으로는 긴장이 되기도 한다. 그러나 각각의 과목 담당 선생님들께서 수준에 맞게 잘 설명해주시고, 그것을 온전히 이해했을 때에는 내가 정말 똑똑해지는 것 같은 착각에 빠지기도 한다. 나는 지금 이 순간이 진심으로 행복하고 또 소중해서 절대 놓치고 싶지 않다.

이 행복하고 소중한 순간에 문득 생각나는 것은 바로 3년 전의 일이다. 그 당시 막내딸은 수능을 준비하고 있던 고3이었다. 차를 타고 가다 지나친 주부학교를 보고는 딸아이에게 살며시 "엄마가 늦었지만 하고 싶은 공부하러 학교 다닐까 하는데 어때?" 하고 물었다. 그런데 딸아이의 대답은 "왜 지금까지 있다가 중요한 고3 때 갑자기 그래? 내가 이기적인 거 나도 아는데 엄마가 조금만 기다려주면 안 돼? 내가 수능 끝나고 나서 시작해도 되지 않아?"라는 것이었다. 그때는 내 마음을 헤아려주지 못하는 철없는 딸아이가 미웠지만 그 말이 맞는 것 같아서 참았다. 결국엔 그 다음 해에 딸은 대학교에, 나는 중학교에 각각 입학하게 되었으며, 공부를 하다가 모르는 부분이 있으면 막내딸을 통해 해결하고 있다.

한 가지 바람이 있다면 우리 막내가 대학교를 졸업하기 전에 나도 열심히 공부해서 같은 시대, 같은 서울 아래서 대학생이 되는 것이다. 일성여자 중·고등학교 급행열차를 타고 끝을 향하여 내 스스로가 만족하는 그 날까지 힘차게 달려갈 것이다.

이제는 내 이름이 불리는 학생입니다

| 진 태 선 |

저는 어린 시절 전라북도 남원에서 태어나 네 살쯤 다리가 꼬였고, 다리를 절며 걸었습니다. 그래서 걷다가 다른 사람들이 보면 바로 땅에 앉아 딴짓을 하는 척하고 사람이 지나가면 걸어가곤 했습니다. 아버지께서는 잘본다는 병원과 한의원에 전전하면서 저를 등에 업고 적극적으로 치료를 위해 뛰어 다니셨습니다. 아마도 소아마비였나 봅니다. 아버지의 정성으로 치료가 잘 되어 9살에 초등학교 입학을 하고 학교에 다닐 수 있었습니다. 그러나 몸이 아파서 결석과 지각을 자주 하였습니다. 6학년이 되던 해 9월 복막염 수술을 하게 되었습니다. 부모님께서는 공부가 아니라 건강이 최고라며 학교는 다니지 말라고 하셨습니다. 그때는 공부가 이렇게 한이 될 줄은 몰랐습니다.

건강에만 신경 써 주신 부모님이 계셨기에 나는 이렇게 건강하게 살아갈 수 있었습니다. 정상인으로 건강하게 살 수 있는 것이 부모님 덕분이라는 생각을 하며 감사하다가도 배우지 못한 부끄러움으로 원망을 할 때도 있었습니다.

1979년 11월에 결혼을 하면서 서울에 상경하여 전셋집부터 시작했다가 집을 마련하는 기쁨을 얻었습니다. 아들과 딸을 키우면서 부족함이 없는 생활을 하였으나 아이들이 자랄수록 저의 부족한 배움이 걱정이 되었습니다. 아들은 서강대를, 딸은 인하대를 특차로 들어가 주어 가정주부로는 더 바랄 것이 없었지만 제 마음의 부족함은 채워지지 않았습니다.

아들과 딸이 취업을 하자 저는 '엄마도 공부를 좀 하고 싶다.'고 이야기를 꺼냈고, 아들과 딸은 흔쾌히 늙은 엄마의 보호자가 되어 주었습니다. 남편도 아이들을 훌륭하게 키워주었으니 이제는 당신의 인생을 살아보라며 든든한 버팀목이 되어 주었습니다.

앞으로는 '진태선'이라는 이름을 빛내며 학교생활을 해내겠습니다.

16세 소녀가 되었다

| 김 양 근 |

　가르마를 타서 양 갈래로 머리를 곱게 땋아 묶고, 하얀 교복을 입고 하얀 운동화를 신고 검정 가방을 들고 예쁘게 신작로를 걸어가던 내 친구 순녀를 보며 얼마나 부럽고 부끄러웠는지 모른다. 순녀와 함께 초등학교에 다닐 때에는 내가 더 공부를 잘 했고 체육대회를 하는 날에는 밴드부 앞에서 호루라기를 불며 지휘하던 나였다. 그러나 아버지께서 일찍 돌아가셨기 때문에 상급학교에 진학할 수 없었고 순녀는 부유한 부모님 덕에 고등학교에 진학했다. 순녀와 나는 한 동네에 살면서도 만나면 모르는 사람처럼 외면하고 피했다. 친구이면서도 친구가 아닌 것처럼 어색한 사이가 되었다. 무엇 때문일까? '유유상종'이라는 사자성어가 있다. 순녀와 나는 같은 무리가 되어 잘 어울릴 수 없었다. 나는 동생의 학비를 벌기 위해 구로공단에 있는 봉제공장에 다니는 공순이였고 순녀는 고등학교를 졸업한 세련되고 아

름다운 숙녀였기 때문이다.

　존경하는 내 남편은 우리 친정부모님께서도 못 보내준 중학교와 고
등학교에 다닐 수 있도록 외조를 해 주었다. 교장선생님께서는 입학
식 날 내 나이를 후하게 42세나 깎아서 16세로 만들어 주셨다. 소녀
로 둔갑한 것이다. 훈화 말씀 중에 '세상은 아는 만큼 보인다, 아는
만큼 행복하다, 공부는 인간을 보다 인간답게 만드는 일이다.'라고
하셨다. 우리 학교는 보석광산이다. 열심히 공부하여 보석처럼 빛나
는 사람이 되어 자신 있는 삶을 살아갈 것이다. 나는 마음이 아픈 사
람들을 치료해 주는 심리상담사가 되는 것이 꿈이다.그 꿈을 위해 오
늘도 교문에 들어선다.

여고생이 되다

| 박 정 자 |

입학식을 끝내고 첫 등교를 하는 날, 설렘 반 걱정 반으로 2년 동안 다니던 염리동 언덕길을 오르니 볼에 와 닿는 찬바람도 신선하게 느껴진다. 딸아이의 관심으로 일성여자중고등학교를 알게 되었고 중학교에 입학하여 많은 선생님들과 학우들을 만나면서 2년이라는 시간 동안 일성의 광산에서 보석을 캐내었다. 한자, 영어, 컴퓨터 특히 역사에 대하여 알아가다 보니 흥미가 생겨 조선왕조 500년에 대한 책도 보게 되었다. 한자는 나에게 무한한 성장을 펼 수 있게 해주고 있다. 그리하여 한자 자격증 과정도 수료하는 등 중학교생활은 나에게 큰 힘과 자존감을 키우게 해 준 시간이었다. 지난 2년은 나에게 값지고 행복한 시간이었다면, 고등학교는 아름다운 결실을 담는 시간이라 생각하고 학우들과도 좋은 관계 맺으며 새로운 마음으로 시작하리라 다짐해 본다. 오늘은 등교 첫날이라 설레는 마음으로 교실문을 열어

보니 새로 오신 선생님과 낮익은 얼굴들도 있고 새로운 얼굴들도 보인다. 조금은 낯설겠지만 2년 동안 함께 할 사람들이라 생각하니 반가움과 고마움이 밀려왔다.

배우지 못한 시간이 길었지만 남귤북지(南橘北枳)라는 말처럼 공부를 하지 못했던 사람도 명문 일성여자중고등학교에 와서 다시 시작하면 인재로 거듭날 수 있다는 교장선생님의 말씀을 마음 깊이 새기며, 선생님들의 가르침이 헛되지 않도록 최선을 다하고 내가 하고자 했던 일들, 뜻을 두었던 것들을 배움으로 승화시키고 싶다. 그리고 온 세상에 말하고 싶다. 나도 고등학생이 되었다고.

3부

아름다운
도전

풍선처럼 부푼 꿈

| 정 동 례 |

어린 시절 엄마가 없어서
장날이면 엄마 마중 나가는
친구들이 부러웠어요.
아무것도 모르는 세 살배기 동생과
남의집살이 떠난 언니만 있고
나는 왜 엄마가 없을까?
그 생각만하면 눈물이 났어요.

내 꿈은 없고
자식들의 꿈만 키우며
몸이 부서지도록 열심히 살다가
육십 가까운 나이에 신입생이 되었어요.

읽고 쓰고 셈하니
세상이 조금 보이고
가슴 깊이 숨어있던
내 꿈이 나타났어요.

중학생이 되고
고등학생이 되는
설레는 꿈, 희망찬 꿈
풍선처럼 키워
높이높이 오르고 싶어요.

청와대 나들이

| 신 춘 호 |

　드디어 청와대 견학을 가는 날이 되었다. 평생 구경도 못했을 텐데 양원학교에 다니게 되어 청와대까지 구경할 수 있게 되어 정말 감사하다. 며칠 전부터 아이들처럼 마음이 들떠서 설레었다. 잠을 설치다 일찍 일어나 전철을 타고 경복궁역에 내려 친구들과 만나 청와대에 도착했다.

　청와대에 도착해 우리는 홍보실에서 영상으로 대통령을 보았는데 텔레비전에서 볼 때보다 더 반가웠다. 영상실을 나와 왼쪽으로 계단을 조금 올라가니 넓은 잔디밭이 펼쳐져 있었고 길가에는 여러 가지 야생화가 피어있었는데 야생화도 행복해 보였다.

　청와대에서 가장 아름답다는 녹지원에 도착했다. 잔디밭 가운데 서있는 270년이나 되었다는 소나무를 보고 입이 저절로'와'벌어졌다. 반듯하고 기품 있게 서 있는 그 소나무는 지난 세월의 역사를 다 보고 간직하고 있을 것이라 생각하니 더욱 더 귀하게 보였다.

안내원을 따라 내가 가장 보고 싶었던 청와대 본 건물 앞에 도착하였다. 청와대 뜰의 아름답고 푸른 잔디와 싱싱한 나무들 때문에 무더위로 흐르는 땀이 식는 것 같았다. 국가의 중요한 일이 이곳에서 결정되고 이루어진다고 생각하니 소중하고 잘 지켜지기를 바라는 마음으로 발길을 옮겼다.

다음에 도착한 곳은 영빈관인데 이곳은 국가의 귀한 손님들을 모시는 곳이라고 했다. 앞에 세워진 4개의 웅장한 돌기둥은 어느 나라에 내 놓아도 자랑거리라는 생각이 들었다. 그 큰 돌을 어떻게 운반해 왔을까? 지으신 분들의 노고에 고개가 숙여졌다. 여기저기 경찰들이 친절하게 안내해 주어 견학을 편하게 할 수 있었다.

청와대를 나와 칠궁으로 갔다. 칠궁은 왕의 어머니였으나 후궁이여서 종묘에 오르지 못한 일곱 분의 후궁을 모셔놓은 사당이라고 했다. 후궁이었으나 왕비까지 오른 장희빈은 왕비였기에 기둥, 계단, 쇠무늬가 다르다는 설명도 들었다. 청와대를 직접 들어가 보고 역사공부까지 하고 돌아오면서 우리 반 친구들은 같이 모여 옛날 손자장면을 한 그릇씩 사 먹고 돌아왔다. 정말 잊지 못할 뜻 깊은 하루였다.

존경하는 교장선생님께

| 김 갑 조 |

　안녕하십니까? 저는 지금 경기도 남양주시 도농동에 살고 있는 1학년 5반 김갑조입니다. 제 나이는 79세로 고령이지요. 제가 태어난 곳은 두메산골 경남 함양입니다. 제가 8살이 되었을 때는 일제강점기였고 1학년 입학은 하였지만 한글을 배우지 못했습니다. 영양실조로 자리에 드러누워서 여름에는 학질이라는 병을 앓고 연신 장질부사로 이어 앓다 보니 학교는 이미 퇴학처리가 되어 있었습니다.

　저는 평생 그때 배우지 못한 서러움을 가슴에 담아두고 살아왔습니다. 그런데 어느 날 우연히 우리 옆집 할머니를 만났는데 학교에 입학 신청을 했다기에 저도 소개 좀 해 달라고 부탁을 하여 양원초등학교에 오게 되었습니다. 이 나이에 나를 받아주는 학교가 있다는 것이 얼마나 기쁜지 꿈을 꾸고 있는 것 같았습니다.

　교장선생님! 까막눈에 나이든 우리를 배움의 길로 인도하여 주셔서 진심으로 감사드립니다. 이 나이에도 꿈을 꾸고 희망적인 인생을 살 수 있도록 가르쳐 주시고 도와 주셔서 용기를 낼 수 있었습니다. 제 육신이 허락하는 한 끝까지 공부를 해 보려고 합니다.

교장선생님! 오래 오래 건강하셔서 우리들의 꿈을 지켜 봐 주시길 부탁드립니다. 안녕히 계십시오.

2015년 5월 15일
김갑조 올림

일흔에 다녀 온 첫 소풍

| 장 풍 자 |

소풍 전날. 일흔이 넘어 처음으로 가는 소풍이어서 그런지 설렘과 기쁨이 가득하여 잠이 잘 오지 않았습니다.

새벽에 일어나서 준비물을 챙겨 학교에 갔습니다. 선생님께서 기다리고 계셨습니다. 친구들도 모두 즐거운 표정이었습니다. 교장선생님의 복 있는 사람이라는 환송을 받으며 우리들은 소풍을 떠났습니다.

차장 밖으로 보이는 연초록 잎사귀들도 우리들을 환영하듯 나풀나풀 손짓하여 주었습니다.

조용히 음악을 들으며 친구끼리 담소도 나누며 가다가 한 사람씩 장기자랑을 하였습니다. 나는 '고장 난 벽시계'를 불렀습니다. 그리고 재미있는 친구들이 있어서 우리들은 배꼽을 쥐며 즐겁게 갔습니다.

드디어 광릉에 도착하였습니다. 해설사께서 광릉은 조선 7대 세조

임금이 안치되어 있는데 나라를 위해 많은 일을 했음에도 다 가려졌으며, 특히 무덤을 간소하게 하라는 말씀을 하셨다는 말을 듣고 역시 국민을 생각하고 나라를 위해 멋있게 생을 마무리 하셨구나 하며 머리를 숙여 예의를 표했습니다.

다음으로 남양주에 있는 정약용 생가로 떠났습니다. 노동절이 겹쳐서 차가 많이 막혔지만 그런 것까지도 즐거웠습니다.

정약용 생가에 도착하여 점심을 먹었습니다. 둥그렇게 모여 앉아서 각자 싸온 음식을 내놓고 맛있게 먹었습니다. 잔디밭에서 먹는 소풍 음식이 그렇게 맛있는 것인지 예전에는 미처 몰랐습니다.

점심을 먹은 후 반별로 기념사진도 찍고 생가를 둘러보았습니다. 선생님께서 정약용 선생은 250년 전에 태어나셨고, 백성들을 위해 500권의 책을 쓰셨으며, 거중기를 발명하여 수원화성을 쌓았다고 하셨습니다. 커다란 거중기를 보니 정말 우리 조상님들의 지혜가 대단했음을 알게 되었습니다.

'이렇게 훌륭하신 조상님들이 계셨기에 우리가 지금처럼 행복한 생활을 할 수 있구나.'라고 생각하며 정약용 선생 묘에서 감사의 묵념을 드렸습니다.

집으로 돌아오면서 복 있는 사람으로 만들어 주신 교장선생님께 감사한 마음을 가졌습니다. 교장선생님이 계셨기에 지금 우리는 이렇게 행복한 체험학습을 할 수 있었습니다. 교장선생님 감사합니다.

사랑하는 딸 선경이 보아라

| 양옥근 |

그동안 너희 네 식구 건강하게 잘 지내고 있지?
나도 아무 일 없이 학교에 잘 다니고 있다.

어버이날이 돌아오지만 나는 오히려 너에게 미안한 마음이 들어서
편지를 쓴다. 엄마가 요즈음 학교에 다니다 보니 네가 얼마나 힘들게
공부했는지 더욱 잘 알게 되었다. 내가 직장에 다닐 때 너는 학교 갔
다 와서 빨래하고 집안 청소하고 동생들 보살피느라 힘들고 짜증이
났을 텐데 불평 한 번 하지 않고 오히려 엄마 걱정까지 해 주었지.
엄마는 그때를 생각하면 항상 마음이 아프고 미안하기만 하다. 그
런데 지금까지도 이 엄마를 챙겨주고 여행도 보내주는 네가 있어 얼
마나 행복한지 모른다.

선경아.

너도 어느덧 두 아이의 엄마가 되었구나. 예쁘고 사랑스러운 네 아이들에게 사랑한다는 말을 많이 해 주면서 키워라. 이 엄마는 먹고 살기 바빠서 너희들에게 사랑한다는 말도 제대로 해주지 못하고 키운 것이 지금까지도 많은 후회가 된단다.

선경아.

엄마는 생각할수록 학교에 입학하기를 참 잘했다는 생각을 한다. 나이 먹어 학교에 다닌다고 생각하니 쑥스러워 망설였지만 막상 입학하고 보니 배운다는 것이 정말 이렇게 재미있고 좋은 줄 미처 몰랐구나. 내가 학교에 다닌다고 말했을 때 너도 잘했다고 좋아했었지.

금방 배워도 잊어버리고 배운 내용을 다 이해하기가 어려울 때도 있지만 선생님께 칭찬을 들을 때는 어린 아이가 된 것 같이 기쁘고 어깨가 으쓱해지기도 한단다. 내가 지금이라도 공부하지 않았더라면 너희들이 얼마나 힘들게 공부했는지 모를 뻔 했구나. 늦었지만 열심히 배워서 다음에 손자들에게 동화책도 읽어주고 편지도 주고받으며 지낼 일을 생각하니 저절로 힘이 나는구나.

선경아.

못다 한 말은 만나서 하기로 하고 너희들 네 식구 건강하고 예쁘게 잘 살기 바란다.

우리 큰딸 고맙다. 그리고 사랑한다.

2015년 5월 4일

너를 사랑하는 엄마가

딸 친구의 출산

| 유 선 임 |

아침 일찍 전화벨 소리가 요란하게 들려 받아보니 딸 수경이었다.

"엄마! 내 친구 현주 있잖아, 오늘 예쁜 아들을 낳았대."하며 전화로 호들갑을 떨며 현주의 출산소식을 전해 왔다.

평소에 수줍어하고 얌전한 현주가 시집을 가더니 3년 만에 아이를 순산했다니 반가웠다. 현주는 부모님이 안 계신다. 병원에서 아기를 낳았을 때 얼마나 엄마가 보고 싶었을까? 세상에서 가장 힘들 때 특히 출산할 때 친정 엄마가 보고 싶은 것을 나 역시 겪어 보았기에 생각하면 마음이 너무 아팠다. 그래서 딸에게 병원에 가자고 했다. 아기 내복 한 벌과 과일을 사가지고 가서 축하를 해 주었다. 어머니가 오실 줄은 생각도 못했다면서 기뻐하며 눈물을 글썽였다. 나는 마음 속으로 아기한테 내가 너의 외할머니가 되어 주리라 다짐을 하였다. 집으로 돌아오는 길에 딸한테 백화점을 한 번 둘러보고 가자고 하였

더니 수경이가 약간 볼멘소리로

"엄마는 내가 출산할 때는 그렇지 않더만 딸 친구에겐 너무 많은 마음 쓰는 거 아냐?"

하며 웃는다.

"그래도 너는 이렇게 마음 써 주는 엄마가 있지 않니? 그렇게 하는 것이 다 너를 위한 거란다."

하면서 수경이 손을 꼭 잡고 백화점으로 향했다.

날씨가 제법 쌀쌀해서 두꺼운 배냇저고리 2개랑 손싸개 발싸개 한 세트씩 사들고 돌아오면서 귀여운 아이가 무럭무럭 건강하게 자라주기를 할머니 된 마음으로 간절히 빌었다.

2015년 9월 13일 일요일 날씨 맑음

양원에 오기를 참 잘했다!

| 이 영 순 |

일본에서 태어난 나는 8·15 해방 때 아버지 고향인 경북 금능군에 정착하게 되었다. 지금도 가끔 어릴 적 고향 생각을 하게 되는데, 내가 자란 시골 마을은 아주 산골이어서 동네 밖에서 보면 사람이 사는 마을이 보이지 않을 만큼 오지였다.

나는 태어날 때부터 많이 아파서 학교 갈 시기를 놓쳐 공부할 기회가 없었다. 결국 배우지 못하고 결혼을 했다. 결혼 후 아들, 딸 남매를 키우며 바쁘게 살다 보니 배우고 싶다는 생각은 있었지만 쉽지 않았다.

돈을 벌기 위해 신문 모집 공고를 보고 가든 호텔의 객실을 관리하는 직장을 다니게 되었다. 그러나 배우지 못해 불편한 점이 이만저만이 아니었다. 이름 쓰는 것부터 출근부 작성하는 것까지 눈치로 배우며 28년 직장생활을 마무리했다. 아들, 딸 결혼시키고 직장을 퇴직

하자 여유 시간은 많았지만 막상 학교에 갈 생각은 못했다.

2013년 여름에 손녀가 양원초등학교를 인터넷으로 찾아서 등록을 시켜주었다. 이듬해 봄, 입학할 당시 사랑하는 우리 외아들이 많이 아파서 입학식만 하고 아들 병수발 하느라고 학교에 못 나왔다.

얼마 후, '간암'을 앓던 사랑하는 외아들은 54살의 젊은 나이로 하나님께서 데려가셨다. 너무 가슴 아프고 슬퍼서 한동안 아무것도 할 수 없었지만 마냥 슬퍼하기보다 공부를 열심히 하는 모습을 아들한테 보여 주어야겠다는 생각이 들었다. 그렇게 양원초등학교에 다니게 되었고 열심히 노력해서 한자읽기 7급에 합격하고 보니 자신감이 생겼다. 몇 번 떨어지기도 했지만 얼마 전에는 6급도 합격했다. 이어서 5급에도 도전할 것이다.

예전에는 못 배운 자격지심에 움츠려있던 내가 요즘에는 어디를 가든지 양원학교 자랑을 많이 한다. 공부하는 재미에 빠진 이야기를 하다보면 시간 가는 줄을 모른다. 낫 놓고 기역자도 모르다가 한자 급수까지 따고 보니 공부가 얼마나 재미있는지 모른다. 몇몇 친구들은 이제 와서 뭘 배우냐며 편하게 살라고 하지만 하나하나 이루어 가는 성취감에 학교생활이 너무 재미있다. 주변 친구들에게도 당당하게 배우는 즐거움에 대해 자랑할 수 있다. 반 친구들과 재미있게 공부하니 마음도 젊어지는 것 같다. 최근에 나에게 새 목표가 생겼다. 중학교에 가는 것이다. 앞으로 중학교 진학이라는 목표를 향해 힘차게 나아가야겠다.

늙은 고목나무가 아닌 어린나무로 다시 태어나 야들야들하고 탐스

러운 고운 꽃을 피우고 싶다. 열심히 공부하여 이 좋은 세상을 넓게
보는 법을 배워야겠다.

한마디 더 하고 싶다.

"양원학교에 오기를 정말 잘했다!"

행복한 학교 길

| 강분수 |

저는 어려서부터 몸이 워낙에 약한 데다 홍역과 백일기침이 몹시 심해서 학교를 다니지 못했습니다. 지금처럼 병원 시설이 좋고 의학이 발달했으면 그런 것쯤 문제도 되지 않았을 텐데…….

학교에 다니는 친구들이 너무도 부러웠습니다. 그러던 어느 날 서울에서 직장에 다니는 친구가 고향에 다니러 왔을 때 저는 시골생활이 너무도 싫어 무작정 친구를 따라 서울로 향했습니다. 다행히 친구가 다니는 회사에 취직도 하고 지금의 남편을 만나 결혼도 하게 되었습니다. 내가 한글도 모른다는 것을 알게 된 남편은 처음엔 당황하였지만 저를 더욱 따뜻하게 감싸주며 제 손발이 되어주었습니다. 그런 남편이 너무도 고마워 행복한 가정을 이루기 위해 열심히 일하고 알뜰하게 살림을 하였습니다. 두 아들도 정성껏 키워 명문대를 졸업하고 훌륭한 사회인이 되었습니다.

남들은 얼마나 행복하고 자랑스럽냐고 합니다. 그러나 나는 아직도 한글을 읽고 쓸 수 없어 혼자서는 병원이나 관공서에 가서 신청서 하나도 제대로 못쓴다는 아픔이 있기에 내 마음 한구석엔 맺혀있는 한이 있었습니다. 어디든 배울 곳만 있다면 당장이라도 달려가고 싶었습니다. 그러던 어느 날 아들네 집에 갔더니 아들이 "어머니, 이제 어머니를 위해서 뭐 하시고 싶으신 것 없으세요? 있으면 제가 도와 드릴게요."라고 말했습니다. 나는 이 말에 용기를 내어 죽기 전에 학교 한 번 다녀 보는 것이 평생의 소원이라고 했습니다. 그날부터 아들은 여기저기 알아보고 인터넷을 뒤져 양원학교를 찾아 내 평생의 소원이던 학교에 입학할 수 있도록 모든 절차를 해결해 주었습니다. 그리고 온 가족이 내가 학교에 잘 다닐 수 있도록 배려해 주었습니다. 입학식 전날에는 준비물을 가슴에 안고 남몰래 하염없이 눈물을 흘렸습니다. 나도 학교에 다닐 수 있다는 생각에 뛸 듯이 기쁘고 행복했습니다. 또 우리 가족에게 너무도 감사한 마음이 들었습니다.

그렇게 입학한 게 엊그제 같은데 벌써 3학년이 되었습니다. 이제는 글을 읽고 쓸 수도 있습니다. 나는 여기에 만족하지 않고 더욱 열심히 공부하여 중학교, 고등학교 나아가 대학교까지도 가려는 꿈에 부풀어 있습니다. 한자와 영어도 더욱 열심히 배우고 공부해서 손자 손녀에게 모범을 보이고 사회에서도 인정받는 사람이 될 것입니다. 그래서 양원학교에 가는 길은 행복합니다. 내 꿈을 이루게 해 줄 행복한 학교 길입니다. 나와 같은 사람들을 위해 양원학교를 세워 주시고

다시금 꿈을 꿀 수 있게 행복한 학교 길을 만들어 주신 교장선생님께
진심으로 감사드립니다.

상쾌한 아침 운동

| 김 안 자 |

오늘도 시원한 아침 공기를 가르며 아파트 앞 개천 길을 걸었다. 봄이면 개나리가 피고 지금은 능소화가 피어서 나의 마음을 상쾌하게 한다.

개천 길을 따라 걷다가 찻길 하나만 건너면 공원이 있다. 공원 왼쪽은 편백나무가 줄지어 서 있고 오른쪽에는 소나무와 여러 가지 이름 모를 나무들이 많아서 도심의 답답함을 시원하게 해소해 준다. 나는 아침마다 이 공원을 한 바퀴 산책하고 집으로 온다.

올 봄에 이 동네로 이사를 왔는데 공원이 가까이 있어서 너무 잘 왔다는 생각이 들었다. 무릎 관절이 좋지 않아 걷는 데 불편해서 고생을 하고 있었는데 아침 산책으로 조금씩 좋아 지고 있어서 너무 감사한 마음이다.

오늘은 산책을 하는데 운동하는 사람이 없어서 조금 허전했다. 사람은 역시 혼자보다는 여럿이 어울려 더불어 살아야 한다고 생각한다. 아침 운동을 꾸준히 하여 건강한 생활을 하면서 학교도 다니고 있으니 얼마나 행복한지 모르겠다.

2015년 5월 11일 월요일 날씨 맑음

내 인생을 찾아 나선 길

| 김 이 님 |

내 생애 처음 많은 사람들 앞에서 발표를 했다. 국어 참관수업 때 많은 선생님과 학생들 앞에서 조사한 내용을 발표하였다. 내가 생각해도 신기하고 대단했다. 내가 양원학교를 모르고 살았으면 이렇게 행복한 마음을 느낄 수가 없었을 것이다. 그래서 잘했다고 내가 나 자신을 칭찬하고 싶다.

"이님아, 너 정말 잘 했어, 앞으로도 더 열심히 할 거야."라고 다짐하면서 내 인생을 내가 스스로 찾아 길을 나서리라 마음먹었다.

전남 나주에서 6남매 둘째로 남부럽지 않게 살 수 있었는데 형제들이 공부할 시기에 우리 아버지는 도박으로 재산을 다 탕진을 했다. 나는 스무 살 때 서울로 와서 말로는 할 수 없는 고생을 하였다. 24살 때 직업도 없는 남편을 만나 배움 없는 나의 삶은 힘든 생활의 연속이었다. 그래서 우리 자식들은 나와 같은 세상을 살지 않게 하기 위해서 정말 내가 할 수 있는 일은 다 해 가며 아이들을 대학 공부까지 시켰다. 그래서 내 소원을 이루었건만 남편은 이제 내 곁에 없다.

젊은 날, 딸이 다니는 학교 교문에 서서, 교실 안에서 들리는 음악 소리만 들어도 눈물이 흘렀었다. 육십 평생 가시밭길은 뒤돌아 볼 겨를조차 없었다.

이제는 울지 않으리. 이제 양원에서 한자읽기 6급에 도전하고 나니 무엇이든지 할 수 있을 것 같다.

한자공부도 끝까지 해 보겠다는 다짐을 한다.

어디까지 갈 수 있을까? 내 힘이 다 할 때까지 가 보자. 몸이 허락하는 데까지 내 인생의 길, 양원꽃동산의 배움의 길을 따라 아름답고 행복한 내 인생을 가꾸는 나 '이님'이 되리라!

"잘했어, 수고했어, 장하다. 김이님, 파이팅!!"

그 날을 꿈꾸며

| 임 영 자 |

　제가 태어난 고향은 경기도 포천시 신북면입니다. 4남매의 막내로 태어났습니다. 형제들은 모두 건강하였지만 저만 어렸을 때부터 허약하여 학교를 2학년까지 다니다가 중퇴를 하고 말았습니다. 형제들은 모두 공부를 마치고 사회활동도 열심히 하면서 각자의 자리에서 행복하게 살아가고 있습니다.

　저는 성실한 남편을 만나 아들, 딸 둘씩 4남매를 두었고, 제가 학교를 다니지 못한 한을 풀 듯 열심히 가르쳤습니다. 다행이 아들딸들이 부모의 말을 잘 듣고 공부를 잘 하였으며 지금은 대기업에서 자리를 잡아 성실하게 살고 있습니다.

　남들은 자식들도 잘되고 걱정거리 없이 행복하게 산다고 부러워합니다. 하지만 학교를 다니지 못한 한이 항상 마음에 남아 나의 삶이 행복한 것만은 아니었습니다. 평생 가슴속 한 가운데가 시렸습니다.

그러던 차에 친구가 양원초등학교를 소개하였고 그날로 등록하여 늦게나마 학교에 다니고 있습니다.

가방을 메고 학교를 다니던 친구들이 그렇게 부러웠는데 이제 아침마다 가방을 메고 이리저리 거울을 들여다보며 한 번씩 웃고 집을 나섭니다. 오늘은 또 어떤 공부를 할까? 등굣길 전철에선 벽에 써놓은 시를 읽기도 하고 메모도 하며 신문을 읽기도 합니다.

공부하는 일이 이렇게 행복한 줄 몰랐습니다. 학년이 바뀔 때 새로운 친구를 만나는 것도 큰 기쁨입니다. 한자읽기 7급을 통과하고 나니 신문에 아는 한자가 나오면 그렇게 가슴이 설렐 수가 없답니다.

1학년 때는 한글, 구구단에 정성을 쏟았고 지금은 영어 알파벳을 배우고, 3학년이 되니 곱셈, 나눗셈, 과학, 사회 등 공부할 과목이 늘어나 힘이 들긴 합니다.

이 나이에 힘들게 뭐 하러 공부하느냐고 말하는 사람도 있습니다. 그러나 그간에 몰랐던 것을 깨우칠 때의 기쁨은 이 세상 그 어느 것과도 비교할 수 없는 기쁨 중의 기쁨입니다.

'하자. 하자. 해보자. 악착같이, 될 때까지'라는 교장선생님의 말씀을 되새기며 저녁이면 일기도 꾸준히 쓰고 있습니다.

'내 인생을 확 바꿔 놓은 신바람 나는 학교생활!'

'중학교, 고등학교도 대학에도 가자.'며 나의 자서전도 써보겠다는 꿈을 꿔 봅니다.

양원초등학교가 있어서 날마다 설레고 행복합니다.

이 설렘과 기쁨을 안겨주신 교장선생님, 감사합니다.

강화도 역사의 발자취를 찾아서

| 문 희 화 |

아침에 일어나자마자 밖을 내다보았다. 다행히 비가 오지 않아서 너무 기뻤다. 도시락과 간식을 담은 가방을 메고 학교로 향하는 발걸음이 가벼웠다.

버스에 오르자 우리 반 학생들이 모두 환하게 웃고 있었다. 버스가 떠나기 전에 교장선생님께서 버스에 올라오셔서

"학급경영자 말씀 잘 따르고 잘 보고 잘 듣고 느끼고 오기 바랍니다."

라고 하셨다. 각 반마다 모두 다니시면서 챙기시는 교장선생님이 참 고마웠다.

강화도에 도착해서 맨 먼저 고인돌을 보았다. 엄청 큰 돌이 식탁처럼 두 개의 돌 위에 올려져 있었다. 저 큰 돌을 기계도 없이 그 옛날에 기둥 돌에 올려놓은 것이 참 신기하였다. 우리 조상들의 지혜가

대단한 것을 느꼈다.

역사박물관에서는 선조님들이 만들어 놓으신 문화유산들이 많았다. 나는 내가 좋아하는 여러 가지 도자기를 보았다. 크고 작은 도자기가 정말 예뻤다. 하나 가져 오고 싶을 정도였다. 나는 하얀 백자가 좋았다. 우리 조상들의 솜씨가 참 뛰어나다는 생각을 했다.

고려 궁지에 가서는 왕이 몽고군을 피해서 강화도에 와서 39년간이나 머물렀다는 말을 듣고 참 슬펐다.

얼마나 고생을 많이 하셨을까? 우리가 힘을 키워서 다른 나라가 우리나라를 넘보지 않게 해야겠다는 생각이 들었다.

점심때가 되어 우리는 좋은 곳에 자리를 잡고 다들 정성껏 싸온 도시락을 펼쳐놓고 뷔페에서 먹는 것처럼 골고루 음식을 나누어서 맛있게 먹었다.

친구들과 정답게 이야기도 피우고 고운 진달래꽃도 많이 보고 맑은 공기를 마시며 봄경치의 아름다움을 실컷 느껴서 아주 좋았다.

그 동안 강화도에 놀러 가면 경치가 좋아서 주변을 둘러보는 것만으로도 참 좋았다. 그런데 학교에 와서 선생님과 해설사의 말씀을 듣고 강화도의 역사 발자취에 대하여 알게 되어 강화도에 대해서 다시 생각해 보게 되었다.

돌아오는 길에 우리는 모두 앞으로 더 열심히 공부하여 나라의 힘을 키우는 데 보탬이 되도록 하고, 우리나라의 역사를 더 많이 알아야겠다고 생각했다.

하계휴가

| 강 순 금 |

　오늘부터 하계휴가가 시작되었다. 하계휴가는 옛날에 방학이라는 것과 같은 말이다. 양원초등학교에 들어와서 방학도 생겼다. 너무나도 감사한 일이다.

　아이들을 키우면서 방학을 맞아 보기는 했지만 나에게도 방학이 있다는 것은 생각만 해도 기적 같은 일이다.

　나는 전라남도의 작은 섬마을에서 태어나 집안 형편이 어렵고 학교가 너무 멀어서 다닐 수가 없었다. 그런데 나이 60이 넘어서 양원초등학교에 들어와서 새로운 인생이 시작된 것이다. 이름 석 자만 간신히 쓸 줄 알던 내가 학교를 다니며 공부한 덕분에 글을 읽고 쓸 줄 알게 되었다.

　이번 방학 동안에는 할 일도 참 많다. 시골 친척집에 다녀오고 싶고 친구들과 놀러 다니고 싶은 마음도 간절하다. 그렇지만 무엇보다도 먼저 해야 할 일은 모자라는 공부를 보충하는 일이 다. 그동안 학교에서 배운 내용을 많이 읽어보고 써 보기로 마음먹었다. 그리고 내 인생에서 방학이라는 말이 떠나지 않도록 하늘이 부를 때까지 계속 공부하면서 살아야겠다.

2015년 8월 1일 토요일 날씨 맑음

새로 맞는 나의 봄

| 임 헌 선 |

　해마다 봄은 찾아온다. 그러나 봄을 맞이하는 내 마음은 늘 슬프고 어두웠다. 세월은 강산이 몇 번이나 변하여 내 나이 어느새 77살인 고령이다. 굽이굽이 봄, 여름, 가을, 겨울 세월은 매정하게 잘도 흘러간다. 봄이 오면 왜 자꾸 기억 저편에서 손짓하는 것들이 많은지 그리움이 막 밀려온다.

　초등학교 2학년 때 6·25전쟁이 일어났다. 내가 다니는 학교에 인민군이 들어와서 학교는 문을 닫고 피란의 고생을 겪어야만 했다. 전쟁이 끝나고도 집안은 어렵고 안정을 찾지 못하였다. 결국 다니던 학교는 다시 들어가지 못했다. 그때 흘린 눈물만 해도 작은 강을 이루었을 것이다.

　오남매가 공부한다는 것은 당시로는 힘들었기 때문에 속으로만 울수밖에 없었다. 봄이면 1학년에 입학을 하고 소풍도 가는 친구들을 보면서, 속상해서 아무도 안 보이는 광이나 뒷마당 구석에서 흐느끼기도 했다. 철없던 나의 투정은 어머니 가슴을 쑤시고 한숨짓게 하였다.

이제 공부는 물 건너간 것이라 여기고, 원망도 한탄도 한강에 던져버리는 심정으로 결혼을 하여, 한세월 애들만은 잘 가르치기 위해 열심히 살았다. 그렇지만 인생은 슬픔의 지게를 지고가야 하는 건지 나에게도 슬픔은 피해가지를 않았다. 뜻밖의 사고로 남편을 잃은 것이다. 다행히도 아이들은 슬픔을 이겨내고, 가장이 된 나의 손을 꼭 잡아주며 잘 커갔다. 이제 자식들은 그럭저럭 자리를 잡고 제 갈 길을 가고 있다. 그렇지만, 혼자된 내 가슴은 고장 난 기계처럼 허탈하였다. 결국 나는 배움의 소원을 못 풀고 허무하게 늙어가야만 하는가 한탄하며 살 수밖에 없었다.

그러나 운명은 나를 버리지 않았다. 나에게도 교실이 생기고 선생님이 생긴 것이다. 이게 꿈인지 생시인지 꼬집어보고 싶을 정도로 좋아서 어쩔 줄을 몰랐다. 나만 못 배워 서러웠나 하는 생각은 착각이었다. 양원학교에 오니 나와 같은 처지인 사람들이 무척 많았다. 노인에게도 배움의 길이 있다는 놀랍고 놀라운 소식을 듣고, 다시 학생이 되어 연필을 잡고, 글씨를 쓰고, 성경책을 읽게 되었다.

전쟁으로 사라진 내 학교의 추억은 다시 이어졌다. 고생 끝에 낙이 오는구나! 내 인생에도 봄이 왔구나! 행복은 나를 외면하지 않고 새로운 꿈을 안겨주었다. 언제나 좋은 말씀을 들려주시는 교장선생님, 그리고 교실에 들어가면 함께 웃을 수 있는 다정하신 선생님과 친구들이 생긴 것이다. 아마 부모님도 먼 하늘에서 미안함을 버리시고 흐뭇하게 웃으실 것이다. 앞으로 가슴 벅찬 감사함으로 열심히 배워, 어두운 곳을 밝게 비추는 새로운 삶을 살아가고 싶다.

(토정백일장 산문부문 입상 작품)

꿈꾸는 행복

| 김 천 숙 |

평생소원 공부 소원
이제야
한을 풀었는데
이래저래 서럽다
가로 막는 내 아픔들
그래도
이겨내야지
그래도
꿈을 가져야지.

배우고 더 배우면
시도 잘 쓰겠지

슬픈 일 기쁜 일

마음에 담아

시집 한 번 내고 싶다

사랑하는 사람들에게

선물로 주고 싶어

꿈꾸는 행복에

마음 설레어

눈물도 쑥 들어가네.

한자급수 첫 합격

| 이 순 희 |

학교 가는 길에 친구를 만났다. 친구는 모임에 가는데 같이 가자고 하여 학교 빠지면 안 된다고 했더니 그렇게 공부가 하고 싶으냐며 잔을 주었다. 하지만 나는 공부의 재미를 모르는 그 친구가 답답하고 한심하기까지 했다.

학교에 오고 가는 시간에 틈틈이 지하철에서 한자 책을 보면 어느새 학교 앞에 이르게 된다. 또 반 친구를 만나면 반갑게 인사를 나누고 공부하는 동안에 하루가 꿈처럼 흐르는 즐거움을 맛보게 된다.

어쩌다 옆 친구의 말과 행동이 못마땅하고 공부가 쉽지 않아 머리가 아파도, 내 몸의 건강이 좋지 않아 에어컨 바람이 싫어도 땀 흘리는 친구를 생각해서 참고 웃어넘기면 교실은 웃음꽃 천지다.

학교에 도착하니 선생님께서 환하게 웃으면서 맞이해주셨다.

"이순희씨, 축하드립니다. 한자 7급 시험 합격 하셨습니다."

"네? 정말이에요?"

나는 너무 좋아서 어쩔 줄을 몰랐다. 한 번 실패를 하여 포기하려고 했는데 선생님께서 일주일 후 특전시험에 다시 보라고 하셨다. 처음엔 용기를 못 내었는데 선생님께서 용기를 주셔서 도전한 결과 합격을 했다.

"선생님 감사합니다. 고맙습니다."

눈물이 왈칵 쏟아졌다. 너무도 고맙고 감격해서 무슨 말을 해야 할지 모를 정도로 가슴이 벅찼다.

모임에도 못 가고 하고 싶은 일도 못 하며 학교에 나올 때 때로는 나 자신이 한심할 때도 있었다. 그런데 막상 어려운 한자급수 도전에서 합격하고 보니 어려운 일을 해 낸 것 같은 기쁨에 너무 행복했다.

친구들도 자기 일처럼 기뻐하며 축하해주었다. 오늘의 기쁨을 잊지 않고 6급에 도전할 것이다. 이제 많은 사람들은 2호선 지하철 안에서 한자공부를 하는 나를 만나게 될 것이다.

전에는 지하철 안에서 한자 책을 볼 때 왠지 당당하지 못했는데 이제는 아니다. 누가 뭐래도 나는 지하철 안에서 당당하게 한자 책을 볼 것이다.

한자 7급 시험 합격은 나의 공부 인생을 새롭게 바꾸어 놓았다. 이제는 절대로 도전을 무서워하지 않을 것이다.

2015년 7월 23일 목요일 맑음

자운서원을 다녀와서

| 서 정 자 |

　아침에 학교에 도착하니 친구들이 다들 일찍 도착하여 모여 있었다. 자운서원으로 체험학습을 가는 날이라 모두들 신나는 표정으로 즐거워 보였다. 교장선생님께서 잘 보고 듣고 느끼고 오라며 좋은 말씀을 해 주셨다. 오랜만에 서울을 벗어나 버스를 타고 풀냄새 나는 시골을 가는 것 같아서 기분이 무척 좋았다. 다들 버스를 타니 고향 가는 기분이 든다며 재미있다고 하였다.

　먼저 도착한 곳은 공릉이었다. 한명회가 두 딸을 삼촌과 조카에게 시집을 보냈다는 문화 해설사의 말을 듣고 참 이상한 일이었다고 생각했다. 그러니 그렇게 어린 나이에 죽지 않았을까 하는 생각이 들었다.

　다음에 간 곳은 이율곡 선생이 세운 자운서원이라는 곳이었는데 그곳에서 이율곡 선생의 글과 그림들을 보았고, 옛날 제사 지냈던 위패들도 보았다. 소개하는 글에 이율곡 선생은 아홉 번이나 장원 급제를 하였다고 한다. 얼마나 공부를 잘 했을까 하는 생각이 들었다. 나도 그렇게 공부를 잘 하고 싶다. 점심시간쯤에 비가 와서 버스 안에서 점심을 오순도순 나누어 먹었다. 비가 와서 사진을 못 찍어서 아쉬웠지만 같이 모여 이야기도 나누고 노래도 부르며 즐거운 추억을 만들었다.

　이 나이에 이렇게 소풍도 가고 급우들과 어울려 놀 수 있다는 것이 정말 꿈만 같았다. 내년 체험학습에는 모든 급우가 다 같이 갔으면 좋겠다. 이런 기회를 만들어 주신 교장선생님과 안내와 설명을 열심히 해 주신 4학년 선생님들께 진심으로 감사를 느끼며 정말 유익한 체험학습이었다고 생각하였다. 양원에 오지 않았다면 이런 행복한 시간을 경험하지 못했을 것이다.

　학교를 벗어나 조상님들의 흔적을 돌아보면서 배운 것들이 오래도록 기억에 남을 것이다. 훌륭한 가르침과 유적지를 많이 남겨주신 조상님들께도 감사드린다.

내 인생에서 제일 좋을 때

| 유 희 례 |

　저는 충청남도 홍성 농가에서 아들 하나에 딸 일곱인 집안에 둘째 딸로 태어났습니다. 오빠가 초등학교에 입학하던 날 엄마는 새벽부터 정안수를 길어다가 하얀 쌀밥을 지으시고 아버지는 새벽부터 면도를 하셨습니다. 나는 '아! 입학식 날은 그렇게 하는 거구나!' 하고 기대했지만 저에게는 그런 날이 오지 않았습니다.

　제가 울고불고 매달려도 아버지는 쳐다보지도 않으시고 언니와 제가 동생들을 잘 돌보고 집안일을 잘해야 오빠가 높은 공부까지 할 수 있다고 하셨습니다. 저는 학교 문턱도 들어가 보지도 못하고 친구들이 학교에 갈 때 동생을 업고 몰래 쳐다보며 부러워 한없이 울고 또 울었습니다.

　열아홉 살에 서울로 상경하여 제약회사 생산부에 다니게 되었는데 글을 모르는 것이 탄로가 날까봐 그 때부터 더욱 말을 줄이고 오직 성실하게 근무하는 것으로 직장생활을 견디었습니다.

서울생활이 익숙해질 무렵, 매일 출근길 버스에서 만나는 남자와 일 년 정도 사귀다가 결혼하여 딸 셋을 낳았습니다. 남편은 자상하고 이해심이 많아 나의 부족한 부분을 탓하지 않고 너그럽게 감싸주었습니다. 그러나 한글을 몰라서 생기는 어려움은 어디에서나 등에 식은땀을 흐르게 했습니다. 그럴 때마다 아버지와 오빠에 대한 원망이 가슴에 사무쳤습니다.

그 중에서 최고의 아픔은 아이들이 학교에서 가져온 가정통신문을 받았을 때입니다. 가슴이 뛰고 얼굴이 화끈화끈 달아올랐습니다. 남편이 옆에 있는 날은 그 순간을 모면할 수 있어 안심이 되었습니다.

4년 전 친구를 통해 양원학교에 가면 한글을 배울 수 있다는 것을 알고도 집안일과 자신감이 부족하여 망설였습니다. 이런 저를 대신해 남편이 양원학교에 가서 입학원서를 직접 접수해 주었습니다.

저는 양원학교에 다니며 정말 많은 변화가 생겼습니다. 양원에 다니면서 날로 새로워지는 저를 느끼며 최고의 행복을 누리고 있는 것이 꿈만 같습니다. 지금은 하늘에 계시는 아버지와 대학교수로 은퇴한 오빠에 대한 원망도 눈 녹듯이 사라졌습니다. 양원은 자신을 되돌아보게 하고 마음도 너그럽게 치유해 주었습니다. 선생님의 지휘에 맞춰 친구들과 '공부하기 딱 좋은 나인데~'라며 노래를 부를 때면, 이제야 내가 주인공이 된 느낌이 듭니다.

앞으로 어려운 일이 생기면 중학교, 고등학생이 될 내 모습을 머리에 그리며 꿋꿋하게 이겨낼 자신감도 생겼습니다. 비 갠 후에 더 찬란한 햇빛처럼 말입니다.

아들에게

| 김 문 순 |

　아들아, 어느덧 만물이 푸르고 꽃이 아름답게 피어나고 우리 집 베란다에서는 꽃냄새가 가득 풍겨주는구나. 꽃냄새를 맡으니 네 생각이 더 나는 구나

　우리 아들은 2주 동안 얼마나 힘들었을지 밥은 잘 먹고 있는지 이 엄마는 많이 궁금하단다.

　엄마가 너한테 부탁하고 싶은 말은 다른 것이 아니다.

　"인생은 원래 공평하지 못하다."는 것을 알았으면 한다.

　이런 현실에 대해 불평하지 말고 받아들였으면 한다. 네가 어떻게 생각하든 상관하지 않는다. 너를 믿으니까.

　엄마는 네가 대학을 나오지 않아서 걱정을 많이 했는데 기술을 배워서 앞날에 훌륭한 회사의 사장이 되겠다는 꿈을 갖고 열심히 배우는 모습을 보니까 엄마 마음은 네가 대견하고 무척 기쁘단다.

네가 "힘들어서 못 하겠어요."하지 않고 손과 옷에 기름투성이로 기술을 배우는 모습이 너무 자랑스럽구나.

엄마가 얼마나 살지는 모르지만 네가 지금처럼 그 꿈을 잃지 않고 열심히 끝까지 배운 후 훌륭한 회사의 사장이 될 거라 믿겠다. 그 꿈을 접지 말거라.

엄마도 학교생활 잘 하고 있다.

나는 평생 봉사가 무엇인지 모르고 살았는데 전교 부회장이 되어서 열심히 봉사를 하고 보니 무어라 말할 수 없이 기쁘더구나.

사랑하는 내 아들아!

너는 세상에서 무엇과도 바꿀 수 없는 귀한 아들이다. 반듯한 생각으로 하고자 하는 일이 있으면 포기하지 말고 끝까지 네 의지를 밀고 나가기 바란다. 그게 이 엄마의 진실된 마음이다. 그리고 네가 어디서 어떤 일을 하더라도 주인공이라는 정신으로 보람 있는 일을 하였으면 좋겠다.

이 엄마도 학교에 즐겁게 다니고 있으니 엄마 걱정은 하지 말아라. 얼마나 배우는 것이 행복한지 새로운 삶을 살고 있는 것 같아 매일매일이 즐겁단다. 다음에 만나면 학교 얘기도 들려주겠다.

나의 소중한 아들아! 만날 때까지 부디 몸조심하고 건강하게 지내다가 웃으면서 만나자. 잘 있거라.

2015년 4월 30일
어미가

아들아!

| 김 광 자 |

아들아!

내 이야기를 하려고 너에게 편지를 쓴다.

나는 이 세상에 태어나서 요즈음 제일 행복한 시간을 보내고 있단다.

부모님이 일본에서 나를 낳으시고 내 나이 16세가 되어 전쟁이 끝나 한국으로 돌아왔는데 아버지와 오빠가 연달아 돌아가시는 바람에 졸지에 나는 가장이 되었단다. 가족을 먹여 살려야 한다는 일념으로 광명 피복 공장에서 군수품 일을 했다.

일을 잘 한다고 소문이 나서 중부시장으로 옮겨가 일을 하다가 네 아버지를 만나 결혼하여 일남삼녀를 낳았지. 평생을 고된 일을 하며 살았단다.

나는 너희들에게 밥 한 끼를 줄여서라도 공부는 해야 한다며 늘 채근을 했었다. 네 명의 너희들이 모두 대학교를 나왔지.

그러던 중에 나는 양원학교를 알았고 학교에 다니게 되었단다. 돈은 벌어서 그럭저럭 살았지만 늘 내 마음에 '나는 무식하다.'라는 생각이 나를 괴롭혔단다.

손자가 태어나니 아기를 봐 줘야 했지만 나는 팔이 아파서 손자 보기는 그만 두고 아픈 팔을 부여잡고 학교를 다닌단다. 졸업 때까지 손 수술을 미뤄두고 나는 오늘도 학교에 간다. 왜냐하면 이런 행복함을 맛보는 것이 처음이기 때문이다.

어려선 가장으로, 결혼해서는 17년 동안 남편 병 수발로, 시어머니 봉양으로 내 인생에 어려움이 많았지만 지금은 나를 위한 시간을 갖는다는 행복이 너무 크단다.

아! 이런 마음이 행복이구나!

나는 맛있는 음식을 아껴먹 듯 학교 다니는 시간을 아끼고 쪼개어 온 정성으로 배우고 있다.

사랑하는 내 아들아!

너에게 내 이야기를 글로 쓰고 나니 속이 뻥 뚫렸다.

너도 네 삶에서 행복을 맛보며 살아가길 바란다.

오늘도 나는 행복한 사람이 되어 등교를 한다.

2015년 5월에 엄마가

(2015년 문해학습자 편지쓰기 대회 최우수상 수상작)

양원은 나의 행복

| 권 순 분 |

저는 어느 날 우연히 전철 안에서 한자공부를 하고 계시는 아주머니를 만났습니다. 항상 가슴의 멍이 되어 갈증을 느껴 온 공부를 언젠가는 꼭 해야겠다는 마음을 갖고 있던 차라 저는 아주머니 곁으로 다가가 어디에서 한자을 배우시냐고 물었습니다. 아주머니는 한자만 따로 배우는 것이 아니라 학교에 다니는데 거기에서 다른 공부도 함께 배운다고 했습니다. 나는 귀가 번쩍 뜨였습니다. 저 나이에 다니는 학교가 있다니? 나는 더 바짝 다가가 그 곳이 어디냐고? 나 같은 사람도 배울 수 있느냐고? 물었습니다. 그 아주머니는 학교에 대해 자세하게 설명을 해주시고 공부하고 싶으면 자기와 함께 가자고 저의 손을 이끌어 주었습니다. 저는 기꺼이 따라나섰습니다.

배우지 못한 지난날을 돌아보면 안타깝습니다. 입학은 했었지만 집에서 맏딸이라 살림을 맡아 해야 된다고 부모님께서 말리셨습니다. 그래서 중도에 그만 두어야 했습니다. 친구들이 책가방을 메고 학교에 갈 때 저는 소 꼴 망태를 메고 들로 가야 했었습니다. 친구들이 부럽고 부모님이 원망스러울 때도 많았습니다.

지난날의 한을 누르며 저는 그 아주머니를 따라 학교에 와 등록을 했습니다. 학교로 향하는 저의 마음은 얼마나 기뻤는지 모릅니다. 그 아주머니가 천사처럼 느껴졌습니다. 나도 학생이 되어 공부할 수 있다는 사실이 놀랍게만 느껴졌습니다.

가슴이 벅차고 감사를 드려야 할 곳이 한 두 곳이 아닙니다. 나를 양원으로 이끌어 주신 그 아주머니를 생각하면 할수록 감사하고 어떻게 보답해야할지 답이 나오지 않습니다. 한 장 한 장 넘어가는 공책의 분량만큼 매일매일 저의 머리가 커지고 환해짐을 느낍니다.

어느 날 저는 제 친구 영이에게 학교 자랑을 했습니다. 영이도 그 날로 등록을 하고 고맙다며 열심히 학교생활을 하고 있습니다. 저는 매일 타고 다니는 전철 안에서나 시장, 운동하는 곳 등 어디든 사람들이 모이는 곳이면 기회를 보아 학교 자랑을 합니다. 이제까지 제가 배움을 전도한 사람이 20명 가까이 됩니다.

저는 제가 받은 이 행복을 조금이라도 나누어 드리고 싶습니다. 저는 배움에 목마른 사람들에게 단비를 뿌리는 일에 앞장서기로 결심했습니다. 앞으로도 양원을 널리 자랑하여 행복을 함께 나누어 가지렵니다.

이렇게 늦은 나이에 책가방을 들 수 있게 해 주신 교장선생님! 정말 감사합니다.

하늘나라에 계신 남편께

| 강 정 자 |

당신이 하늘나라에 간 지 벌써 42년이란 세월이 흘렀군요. 참 세월은 빠른 것 같아요. 나는 일 년에 한 번씩 빼놓지 않고 4년 동안 편지를 보냈는데 당신은 한 번도 답장이 없군요. 이번 편지가 마지막일 것 같아요. 내년 2월에 졸업하거든.

여기는 계절 따라 꽃이 피고지고 추웠다가 더웠다가도 하는데 거기 날씨는 어떤지 궁금하네요. 당신 26살, 나 21살에 만나 짧은 생을 살다갔지만 나는 후회하지 않아요. 내가 태어나고 당신 만난 때가 제일 행복했거든. 당신하고 나하고 만 7년 살았지만 당신은 나한테 너무나 좋은 선물을 주고 갔어. 당신을 만나지 않았더라면 우리 3남매를 어디에서 만나겠어요? 당신이 나한테 남겨준 선물 중에 제일 좋은 선물인 것 같아. 당신이 좋아하는 대한이는 결혼해서 아들 3형제 낳고 신앙생활도 열심히 하고 있으니 여기 걱정은 말아요. 당신네 식구들은 28살밖에 안 된 내가 무슨 수절을 하겠느냐며 사람 취급도 안했지. 그때마다 나는 피눈물을 흘렸지요. 지금 생각해보면 어떻게 살아왔는지 어떻게 그 가시밭길을 걸어왔는지 모르겠네. 나도 사람인지라 당신 원망하면서 다 놓아버리고 싶은 때도 있었지. 그러나 나만 바라보고 있는 아이들 때문에 그 모진 소리 들어가면서 꾹 참고 살았어요. 어찌 보면 모질게 당했던 게 약이 된 것 같기도 하고. 어느 누구 하나 내 편 들어 주는 사람 없이 나 혼자 무거운 짐을 지고 험한 길 헤쳐 나가면서 이 악물고 3남매를 훌륭하게 키워냈으니 말이예요. 먼 훗날 당신 만나면 다 말하리라 생각하며 참았는데 내 이야기를 잘 들어 주면 좋겠어요. 며칠 있으면 어버이날인데 아버지가 계셨기 때문에 우리가 있는 것이라며 대한이는 항상 당신 꽃까지 두 개를 사 온답니다. 그럴 때마다 나는 가슴이 미어진답니다. 아이들이 아빠 얼굴을 잘 기억 못하거든요.

나는 지금 양원초등학교 다니고 있어요. 당신 막내딸 혜옥이가 엄마 혼자 집에 있으면 나쁜 생각하게 된다며 권해서 왔는데 좋은 선생님과 좋은 친구들을 만나 하루하루 시간 가는 줄 모르고 잘 지내고 있답니다. 앞으로 5년만 기다려 주면 내가 당신 찾아갈게. 그때까지 기다려주세요. 나는 항상 28살이고 당신은 33살. 내가 당신 못 찾게 되면 당신이 날 좀 찾아줘요. 그리고 나 만나거든 아들 딸 잘 키워줘서 고맙다고 말해주세요. 당신한테 그 말을 꼭 듣고 싶어요.

거기서는 교통사고 당하지 말고 건강했으면 해요. 그리고 하늘나

라에서 우리 가족 건강하게 해달라고 기도 많이 해주세요. 그럼 다시
만날 때까지 안녕히.

2015년 5월 4일

당신을 사랑하는 마누라 강정자 드림

(제 11회 성인문해학습자 편지쓰기 대회 우수작)

이준 열사의 넋을 기리며

| 송 미 자 |

"슬프다 한국의 혼이여!

지금 너는 물이 새는 배 가운데 서 있다."

일본의 속국으로서의 참담함을 겪어야만 했던 그 시대의 울분을 어찌 잊을 수 있겠는가?

一醒 李儁烈士! '그 멀고도 외로운 여정'을 열어 참담했던 시대를 다시 한 번 돌아본다. 100여 년이 흐른 지금에도 우리나라의 참담했던 역사를 읽어나갈 때면, 울분을 터트리기 이전에 지금 국민의 한 사람으로서 자리매김을 얼마나 잘 하고 있는가를 먼저 자각하게 한다.

열두 살 어린 나이에 북청 향시에 합격하는 배움의 열정, 옳지 못한 것을 세상에 알려 바로 잡고자 했던 올곧은 정신, 조선을 탐하고 배를 몰고 쳐들어오는 일본의 만행, 그 운요호사건으로 국운을 걱정하며 참담해 했던 심정.

탐관오리의 만행과 사적인 감정으로 공권력을 휘두르는 파렴치한 벼슬아치들의 불법행위를 개탄하던 그 강직함, 나라와 백성의 권리를 찾고자 피 눈물을 쏟아낸 그 한 사람, 이준 열사! 외세의 침입으로 위기에 처해 있는 나라를 구하고자 울분을 토해내며, 민족의 활로를 찾기 위해서는 백성이 먼저 깨우쳐야 한다며 후진 양성이 필요함을 절감하고, 후학의 길을 열어가는 창학 정신을 교훈으로 남기셨다.

또한, 명성황후 정권을 무너뜨리고, 대원군을 앞세워 청나라와 전쟁을 벌였던 일본의 잔악한 계략, 약소국을 집어 삼키려는 그 계략에 피눈물로 맞서 싸웠던 애국정신! 오늘날에도 우리는 그 얼을 높이 기리며 본받아야 할 것이다. '무력이 아니라 올바른 국가관과 자주정신으로 국민성을 높이고, 이기주의적 물질 만능의 욕심을 버려야한다.'는 이준 열사의 교훈을 절대로 잊어서는 안 된다.

지금에도 일부 정치인들은 당리당략과 권력을 빌미로 사리사욕에만 눈이 어둡고, 고위층의 사람들은 탈세를 위한 페이퍼컴퍼니라는 유령회사로 외국으로 돈을 빼돌리는가 하면, 국방의 의무를 회피하려는 일부 젊은이들의 파렴치한 행위, 외국에 나가 출산을 하는 원정출산으로 태어나지도 않은 태아에게 자기 나라 국적을 버리게 하는 몰지각한 반역의 행태가 만행하고 있으니, 내 나라는 내가 지켜야 한다는 생각이 상위층에서부터 무너지고 있는 것이다. 이렇게 나만 잘 살면 된다는 이기심이 이 나라를 좀먹게 하는 것이 아니고 무엇이겠는가!

백여 년 전

"지금 너는 물이 새는 배 위에 서 있다."

그렇게 피 눈물로 외쳤던 이준 열사의 그 한 마디가 시시때때로 가슴의 정곡을 찌른다. 그 참담했던 일본의 속국에서 벗어난 오늘날에, 아직도 우리 대한민국의 배에서는 곳곳에서 이렇게 물이 새고 있음을 역력히 보여 주고 있음을 볼 때, 일성 이준 열사의 넋이 가슴을 치며 개탄하고 계실 것이라는 생각이 절실하게 느껴진다.

그러나 대한민국은 해방 이후에도 동족 간의 6·25전쟁을 치러야 했고, 그 전쟁으로 폐허가 되었음에도 불구하고 꿋꿋하게 일어선 광복 70년의 짧은 역사에도 이 나라를 아시아 경제부국으로 가장 빠르게 부상시켰다. 우리나라가 선진국대열에 서서 이렇게 성장·발전할 수 있었던 것은 피 흘려 지켜온 이준 열사와 같은 선조들의 얼이 우리 가슴에 깊이 새겨, 이어져왔음이라고 단언한다. 일부는 이기적인 욕심으로 이 나라를 방심하고 있는 몰지각한 사람들도 있지만, 정의가 살아있고 나라를 사랑하는 국민성이 더 팽배한 힘을 발휘하고 있기에 대한민국은 세계를 향해 더 빠른 속도로 더 강하게 세상을 지배하게 될 것이다.

一醒 李儁烈士! 일본에 빼앗겼던 이 나라를 되찾고자, 오직 구국에 대한 일념만을 불태우고 사라지신 그 얼을 받들어 우리 모두는 일심단결하여 이 나라를 강대국으로 더 성장·발전시켜 나가야 할 것이라고 생각하면서 일성 이준 열사의 그 고귀한 넋을 다시 한 번 되새겨본다.

(제8회 이준 열사 추모 전국 글쓰기 대회 최우수상 수상작)

내 나이 60세 소녀

| 박 경 자 |

오늘도 나는 책가방을 메고 학교로 간다.
한 발 한 발 걷노라니
내 마음은 어린 시절 소녀로

꿈에도 그리던 학교
이제야 꿈을 이루게 되어
12살 소녀가 되었네.

누군가 그랬다지.
나이는 숫자에 불과하다고
12살 소녀처럼 한 자 한 자 배우다 보면
내게도 세상을 밝게 볼 수 있는

꿈을 이룰 수 있을까?

(2015 평생학습축제 시화전 출품작)

이준 열사의 뜻을 기리며

| 이 교 전 |

어린 시절 내 어머니는 어려운 집안 환경에도 불구하고 혼자 8남매나 되는 자식들을 키우면서도 자식들의 교육을 위해서 노력하셨습니다. 가난한 집에서 태어나 가난을 이길 방법은 교육뿐이라고 힘없는 사람이 부당한 대우를 받지 않으려면 지식을 가져야 한다고 늘 이야기하셨습니다.

언제든지 배울 수 있고 공부할 수 있는 자리가 있으면 배움에 힘쓰라고 하셨습니다. 모르고 못 배운 것은 창피한 일이 아니고, 안 배우려고 하는 것이 부끄러운 일이라고 말입니다.

내가 자녀를 양육하면서 남들보다 조금이라도 더 가르치려고 노력했던 것도, 육십이 다 된 이 나이에 다시 공부를 하는 것도 돌아보면 내 어머니께 보고 배운 교육에 대한 신념 때문인 것 같습니다.

이준 열사 추모 글쓰기를 위해 이준 열사에 관한 책을 읽으면서 나는 어머니 생각이 나서 눈시울이 붉어졌습니다.

충신의 집안에서 태어난 이준 열사는 어린 시절 조실부모하고 조부모와 숙부에게 키워졌습니다. 비록 부모님이 계시지 않았지만 일찍부터 신동이란 소리를 들으며 훌륭히 성장하여 우리나라 제1의 검사가 되었습니다. 타협하지 않는 원칙과 소신을 가지고 부패한 것과 친일을 단죄하였고, 배우지 못한 것과 지식이 없는 것을 천하에서 제일 위험한 것으로 보고 국민들의 무지와 불학을 해소하기 위해서 헌신한 교육자이며 계몽 사상가였다고 합니다. 백성들의 자유와 권리를 위해 일제의 침략을 폭로하고 조국의 비참한 현실을 세계 각국에 알리고자 황제의 특사로 헤이그에 갔으나 만국평화회의에 참석조차 못하게 되어 그 뜻을 이루지 못함을 통탄하며 자결하였습니다.

애국심이라는 것이 얼마나 큰 사랑인지 알지 못하지만 이준 열사와 같은 애국자들이 있었기에 우리가 독립을 이루고 이만큼 경제적으로 정치적으로 성장한 나라에서 국가의 보호를 받으며 살 수 있다고 생각하고 그것에 감사드립니다.

끝으로 이준 열사가 남긴 글 중에 어머니를 떠올리게 하는 글이 있어서 옮겨봅니다.

인생이 죽는다는 것이 무엇이며 인생이 산다는 것 무엇이냐? 죽어도 죽지 않는 넋이 있고, 살아도 살지 아니함이 있나니, 그릇 살면 차라리 죽느니보다도 못하고, 제대로 죽으면 도리어 영생하느니, 살고 죽는 게 모두 제게 달렸다면 모름지기 죽고 삶을 바르게 힘쓰라.

장애에 대한 편견을 버리고

| 정 정 열 |

감상문을 쓰기 위해 '말아톤'이란 영화를 보았지만 직접 보고나니 정말 보길 잘했다는 생각이 든다.

이 영화는 실화로 배형진이라는 자폐증 환자의 이야기를 쓴 것이다. 얼룩말, 초코파이, 자장면을 좋아하는 신체는 20세이지만 지능은 5살 수준의 자폐증 환자.

주인공 초원은 달리기를 정말 좋아하며 소질도 뛰어나다. 초원은 10km 마라톤에서 3등도 하여 42,195km의 마라톤 풀코스를 준비한다. 코치 선생님은 음주 운전으로 징계를 받아 자폐아 학교에 발령이 나서 초원이의 마라톤을 지도하게 되는데 처음에는 대충 지도하지만 점점 갈수록 초원과 친해지고 하나가 되어간다. 어머니가 마라톤을 포기시키는 등 몇 번의 좌절도 있었지만 초원은 결국 풀코스 일주에 성공한다.

이 영화는 한 자폐아의 세상과의 대화를 그리고 있다. 특히 초원이의 순수함과 의지력은 우리들이 정말 배울 점이다. 가장 감명 깊었던 장면은, 초원이가 얼룩말을 너무 좋아해 지하철역에서 얼룩말 치마를 입은 아가씨의 엉덩이를 만지게 되어 오해를 받고 있을 때이다. 초원이가 당황하고 있을 때 어머니가 와서 초원을 안아준다. 그때 초원이가 "우리 아이가 장애가 있어요."라고 소리친다. 그리고 어머니가 병원에 입원시키는 데 초원이가 병원 밖으로 뛰쳐나가 비를 맞으며 우는 장면이 있다. 이 두 장면은 정말 가슴이 찡했다.

나는 이 영화에서 배울 점이 참 많다고 생각했다. 아무리 나쁜 행동을 해도 한 번 하지마라고 고쳐주면 절대 하지 않는 초원이가 나는 우리들보다도 훨씬 낫다고 생각했다.

'말아톤'이라는 영화는 장애에 대한 편견을 버리게 해주는 따뜻한 영화라고 생각한다. 감정이 메마른 요즘, 마음 따뜻하게 해 주는 이 영화 보기를 추천한다.

꿈을 키우는 발걸음

| 이 우 영 |

배움의 열망이 솟구칩니다.
지금까지 내 마음을 설레게 했던
우리가 처음 만나 사랑을
나누기 시작하던 그날처럼

흘러가는 배움의 시간 속 사랑은
젊은 날 빈 가슴 채우며
그리움에 겨워
가시 돋친 날들도
바람결에 날려 보냅니다.

이제는 희망 키우는

꿈을 향한 발걸음
파닥이는 새처럼
저 하늘 향해 새 날을
오늘도 비상합니다.

(2015 평생학습축제 시화전 출품작)

봄날에 느끼는 애수의 정한

| 박 문 희 |

봄날에 김소월의 '진달래꽃'을 읽는다. 젊은 날 나를 매료시켰던 어느 한 사람과 이 시의 화자가 겹쳐지면서 내 안에서 진달래꽃이 마구 복제되었다.

다시 한 번 '진달래꽃' 전문을 살펴보고 나름대로의 짤막한 감상을 써 보련다.

나 보기가 역겨워

가실 때에는

말없이 고이 보내드리우리다

영변(寧邊)에 약산(藥山)

진달래꽃

아름 따다 가실 길에 뿌리우리다

가시는 걸음 걸음
놓인 그 꽃을
사뿐히 즈려 밟고 가시옵소서

나 보기가 역겨워
가실 때에는
죽어도 아니 눈물 흘리우리다

이 시는 고요하며 애상적인 느낌을 주는 민요풍의 시로 주제는 봄
철에 느끼는 애수의 정한이다.

'가시리'는 '가시는 듯 다시 오라'고 했지만 소월은 '가시는 님을 곱
게 보내면서 가실 때는 죽어도 눈물을 흘리지 않겠다.'는 역설의 미
학을 노래한다. 이별의 슬픔을 극복하여 체념하려는 여성적 의지가
엿보인다.

님을 보내며, 보내는 의지에 대한 극복이지만 붙잡음의 극복은 아
니다. 이 시에서 '가시는' 주인공인 '님'은 조국인지 아니면 단순한 여
성인지는 잘 모르겠다.

진달래꽃이 소재로 등장함으로써 민족적인 '님'으로 부각된다. 이
별의 슬픔을 극복하려는 의지인 것이다. 월탄이 소설에서 이 시를 평
가 했듯이 무색한 시단에 소월의 시가 영롱히 빛나고 있다.

빈처

| 이 영 덕 |

빈처 속에 나오는 '나'의 부인은 부잣집에서 곱게 자란 남편이 작가의 꿈을 꾸며 돈도 안 되는 글쓰기에만 몰두하여 밉기도 했을 텐데 그녀는 싫은 내색을 하지 않고 남편을 정성스럽게 내조하는 글귀를 읽으면서, '아! 정말로 천상 여자로구나.' 하는 생각이 들었다.

집에 가장인 사람이 돈도 안 벌어 오고, 오직 글만 쓰는데 아내는 얼마나 속이 타들어 갔을까? 그리고 남편을 섬기기 위해 시집올 때 혼수들, 장롱 속에 값나가는 옷은 다 팔거나 잡히면서까지 살림에 보태어 쓰면서 살아갔으니 그의 속은 얼마나 애가 탔을까? 나도 어려운 시절이 있어서 그런지 그런 아내의 마음이 너무도 가슴 저리게 아파 왔다.

그래도 '빈처'의 '나'는 가장으로 책임을 다 하지 못하는 것에 부끄러움을 많이 느꼈다. 그나마 그것이 다행이라고 생각했다.

내가 '빈처'를 보면서 마음 한구석이 찡해지던 부분이 있었다. 바로 '나'의 아내가 친정아버지 생신을 깜박 잊었던 날이었다. 힘들고 고된 일이 겹겹이 쌓였던 그때 나도 친정을 가기는커녕 부모님의 생신을 챙기기가 힘들었다. 그때는 다들 그런 때였으니 그러려니 하며 지나갔다.

그런데 요즘 우리 자식들이 내 생일이라고 모여 챙기는 것을 보면 나는 살면서 왜 부모님 생일상 한 번 챙겨드리지 못했나 하는 아쉬움이 밀려든다. 책을 보는 내내 나는 내 삶과 빈처 아내의 삶을 비교하면서 공감하고 아파했다.

하지만 '빈처'의 두 주인공처럼 없이 살아도 마음 편하게 사는 것도 행복하다고 생각한다. 새댁이 남편에게 지극 정성으로 잘 보살피며 사는 것을 보면서 세상에는 이런 사람도 있었구나 하는 것을 느끼게 한다.

친정 언니가 보자기에 싸 온 것을 풀어보니 그것은 새 신발이었다. 신어보니 발에 잘 맞고 보기 좋았다. 아내가 좋아하는 그것을 바라보던 남편은 '나도 어서 출세하여 비단신 한 켤레 쯤은 사주게 되었음' 하고 마음 속 깊이 생각한다. 그 마음이 있기에 '빈처'의 부부는 행복하지 않을까 싶다. 그 마음 변치 않았음 한다. 그리고 언젠가는 남편의 꿈도 이루어졌으면 더욱더 좋겠다고 생각해본다.

존경하는 당신께

| 변 정 임 |

존경하는 당신께 편지 올립니다.

내 인생에 이런 날이 올 줄은 정말 몰랐습니다. 당신께 편지를 쓰다니요? 그런데 정말로 당신께 편지를 씁니다.

1973년, 당신과 만난 지도 오래 되었군요. 그동안 시골에서 자라 아무것도 모르고 부족한 저를 데리고 사느라 고생이 많았지요. 저도 말은 안 해도 당신 심정 알고 있었습니다.

당신, 우리 가정을 위하여 온 몸을 희생하면서 열심히 살아주셔서 너무 고맙습니다. 젊었을 때 가족을 위하여 가고 싶은 여행도 한 번 가지 못하고 술 한 잔 제대로 먹지도 못하고 지금은 나이 들어 몸만 망가지고 76세가 되었군요.

지금은 배우지 못한 나를 학교까지 보내주셔서 진심으로 고맙습니다. 나이 먹어 공부하는 것이 쉽지 않지만 지금은 공부하는 것이 정말 행복합니다.

수업을 들을 때는 이해가 되고 알겠는데 하룻밤 자고나면 잊어버려 너무 속상해요. 그럴 때마다 어렵다고 하면 짜증도 내지 않고 몇 번이고 알 때까지 가르쳐 주고 용기를 주고 격려해 주셔서 즐겁게 공부하고 있어요. 이제는 열심히 배워 당신께 보답할게요.

나는 당신이 아프지 않고 우리가 건강하게 사는 것이 소원입니다. 여보!

앞으로 우리 영원토록 건강하게 살기를 기원하며 당신을 사랑합니다.

(2015년 문해학습자 편지쓰기대회 수상작)

사랑하는 딸에게

| 전 정 애 |

　사랑하는 우리 딸 미국에서 잘 지내고 있는지 궁금하구나. 엄마는 네가 너무 보고 싶어서 펜을 들고 있어도 네 생각을 하니 또 눈물이 나오는구나.

　요즘 엄마는 딸이 지금 한국에 있으면 얼마나 좋을까 매번 생각한단다. 항상 배움이 없다는 생각에 누구에게 표현하지 못하고 아파하던 엄마가 드디어 학생이 되었기 때문이다. 엄마 마음을 누구보다 잘 아는 네가 옆에 있었다면 누구보다 좋은 학부모가 되어 주었을 텐데…….

　항상 삶이 어려웠지만 너희들이 엄마를 도와주었기에 엄마는 여기까지 올 수 있었단다. 하지만 너희들도 떠나고 몸도 아파서 일도 할 수 없게 되니 허전한 마음을 어찌할 수가 없었단다.

　모자란 배움 때문에 늘 땅만 보고 다녔던 내가 가방을 메고 학교 교문으로 들어서게 되는 날 교실 한 가득 나와 같은 학생들이 앉아 있는 것을 보고 놀라고 수업시간마다 열정적으로 수업을 하시는 선생님들 때문에 놀라고, 밝게 웃음 짓는 학생들 때문에 놀라고, 요즘은 계속 놀라는 일들이 가득하단다.

엄마라는 이름으로 반평생을 살아온 내가 요즘 학생이란 이름으로 지내고 있으니 이제는 내 나이도 잊고 지내는 듯하다. 학교 걷기대회도 참여하고 연극 구경도 하고 여러 가지 볼 것도 들을 것도 학교에 오니 참 많기도 하더구나.

딸아! 엄마는 이제 늦은 나이지만 엄마의 꿈을 꾸고 있단다. 영어도 한문도 공부하면서 나도 중학생이 되고 싶다는 꿈! 아니 고등학교, 대학교까지 가서 학사모도 쓰겠다는 꿈을 꾸고 있단다.

엄마가 양원주부학교에 와서 교장선생님께 입학식에 들은 말씀이 있단다. 배움은 하늘이 부르는 날까지 하는 거라고. 엄마는 그 말을 가슴 속 깊이 새겨 두었단다. 반평생 허리 한번 펴지 않고 달려온 삶 속에서 요즘 허리를 펴고 칠판을 보면서 살고 있단다. 엄마의 새로운 시작을 우리 딸이 계속 응원해 주렴.

보고 싶다 우리 딸! 사랑한다 우리 딸!!

성묘 길

| 이 금 출 |

밤꽃 향기 퍼지고
대추 열매 익어가는 계절
손마디 굵은 어머니 바쁘기만 하셨다.

하얀 서리꽃이 핀 들녘
빨간 고추 말리고 들깨 털어
굽은 허리 펴시며 진주 같은 땀을 닦으셨다.

황금 들판에서 금쪽같은 자식 키워
빌고 빈 마음 놓아두고
바람 타고 가셨다.

들국화가 피어 있는 봉긋한 무덤가

마음의 잔을 눈물로 채운다.

사랑하는 어머니.

(2015 늘푸른 백일장 장원)

4부

이젠 웃을 수
있어요

새로운 세상을 꿈꾸며

| 강 순 자 |

양원에 입학한지 엊그제 같은데 벌써 4년이란 세월이 훌쩍 지나가 버렸다. 세월이 유수와 같다는 말을 나이가 들어가니 실감을 하게 된다.

처음 입학하였을 때는 과연 이 나이에 공부하여 졸업할 수 있을까 하는 두려움도 있었는데 시작이 반이라고 어느덧 졸업을 하게 되었다.

4년의 세월이 헛되지 않아 교장선생님께서 '콩나물시루에 물은 빠져도 콩나물은 자란다.'고 하신 말씀처럼 하루하루 실력이 자라는 것이 느껴져서 내 자신이 대견하고 내 자신을 칭찬해 주고 싶을 때도 많았다. 교장선생님께서 우리들에게 주셨던 지혜의 말씀을 마음에 새기며 기대에 어긋나지 않게 열심히 배우고 사회에 나가 부끄럽지 않은 양원학교 학생으로 살겠다는 다짐도 해본다.

또 훌륭하신 선생님들 덕분에 학교생활이 언제나 즐거웠다. 선생님들께서 들려주시는 좋은 말씀은 무조건 머릿속에 입력을 해서 언제든지 필요할 때 찾아 쓸 수 있도록 노력하였다. 학교에 다니기 전에는 눈 뜬 장님처럼 살았지만 지금은 당당하게 살아가고 있다. 어디에 가서도 할 말이 있으면 내 의견을 바르게 말 할 수 있다. 글을 쓰고, 여행도 하며, 연극, 뮤지컬을 감상할 수 있는 능력도 생겼다. 전에는 이런 세상이 있다는 것을 모르고 살았는데 양원의 학생이 되어서야 새로운 세상이 있다는 것을 조금씩 알게 되었다. 졸업을 하고 중학교, 고등학교뿐만 아니라 더욱 열심히 배워서 대학공부까지 하면서 배움의 굶주림을 채워 나가야겠다고 결심을 하였다.

그동안 가르쳐주고 이끌어주신 교장 선생님을 비롯한 여러 선생님들께 깊은 감사를 드리고 그 은혜는 평생 잊지 않겠다.

우리 엄마 짱!

| 주 영 애 |

내 평생 하고 싶었던 공부를 하기 위해 양원학교의 문을 두드리던 날, 어릴 적 친구들이 가방을 메고 다니던 모습이 떠오르면서 설레는 마음과 내가 이 나이에 공부를 할 수 있을까 하는 두려움과 망설임으로 마음이 복잡하였습니다. 또 이대로 지금까지 잘 살아왔는데 왜 어려운 공부를 시작하느냐고 말하는 이웃 사람도 있어서 더 망설이게 되었습니다. 그러나 공부하고 싶은 마음이 워낙 간절한데다 옆에서 잘 도와 줄 테니 꼭 공부하라는 아들딸들의 적극적인 권유에 힘입어 한 번 해보자 결심을 하고 입학을 했습니다.

선생님들의 친절한 가르침과 자상함으로 처음의 서먹서먹하고 어색했던 느낌은 금세 사라지고 학교생활이 재미가 있고 공부하는 것이 그렇게 신기할 수가 없었습니다. 책을 읽으면서, 그리고 글자를 쓰면서 스스로 대견해서 가슴 떨렸던 그 순간은 지금도 잊을 수가 없습니다. 졸업을 앞둔 지금은 제법 책도 읽을 수 있게 되었고 글도 쓸 수 있을 뿐만 아니라 어렵게만 생각되던 수학문제도 풀 수 있게 되었습니다. 거기다가 길에 나가보면 모르는 글자보다는 아는 글자들이 더 많이 눈에 들어와 한 자 한 자 읽을 때마다 내 자신이 신기하고 대견하여 다른 세상에 다시 태어난 느낌입니다. 지금의 내 모습을 보면서 배우기를 잘했구나 하는 생각이 들고 한편으로는 내 마음이 뿌듯하고 꽉 차서 부자가 된 듯이 행복합니다.

자식들도 내가 쓴 글을 보고, 또 책 읽는 소리를 들을 때마다 우리 엄마 너무 존경스럽고 대견하다고 하면서 "우리 엄마 짱!"이라며 좋아합니다. 그리고 보니 배움은 나 자신에게 행복을 줄 뿐만 아니라 가족에게도 행복을 가져다 준 것 같습니다. 4년이라는 시간이 순식간에 흘러버린 지금, 졸업하기에는 너무나 아쉽고 미련이 많이 남지만 중학교에서의 생활을 기대하면서 남은 기간을 멋지고 알차게 마무리하고 평생에 그리던 영광스러운 졸업장을 받고 싶습니다.

졸업을 앞두고

| 조 승 희 |

꿈속에서 보았던 졸업식이 이제 얼마 남지 않았다고 생각하니 눈시울이 뜨거워집니다.

깊고 깊은 산골 오두막에서 태어난 저는 초등학교를 조금 다니다 말았습니다. 10리가 넘는 먼 길을 걸어서 학교에 다녔고, 육성회비를 내지 않아 학교에 다닐 수가 없어서 결석을 밥 먹듯이 하다가 가을이 되면 쌀자루를 머리에 이고 학교에 가서 육성회비를 냈습니다.

그렇게도 학교에 다니고 싶어서 발버둥을 쳤지만 졸업도 하기 전에 학교생활을 그만 두게 되었습니다. 저희 식구들은 더 이상 모여 살 수가 없어서 뿔뿔이 흩어졌고, 엄마는 나와 동생을 데리고 서울로 올라왔습니다.

나는 어린 나이에 공장에 다니며 돈을 벌어 생계를 도왔습니다. 그러다 나이가 차서 결혼을 하고 자식을 낳았고, 그 아이들을 키우기 위해 더욱 열심히 아침부터 밤늦게까지 일하느라 아이들에게 따뜻한 사랑도 주지 못하였습니다.

그럭저럭 세월이 흐르면서 아이들이 모두 커서 결혼을 하고 저는 못 다한 공부가 하고 싶은 마음이 간절해졌습니다. 그런 엄마의 마음을 알고 딸이 양원학교를 알아내어 저를 5학년에 편입 시켜주었습니다.

꿈에 그리던 학교를 다니며 공부를 하게 되니 이 보다 더 큰 기쁨이 어디 있겠습니까?

매일 공부시간에 배우는 지식들이 저의 갈증을 풀어 주었고, 한자와 영어공부까지 하게 되니 하루하루가 행복했습니다. 한자 읽기 급수에 도전하여 합격증을 받을 때마다 성취감은 말로 표현할 수가 없었습니다. 국어와 수학도 어렵지만 예습과 복습을 충분히 하여 따라 갈 수가 있었습니다.

최선을 다해서 지도해 주신 담임선생님의 은혜를 무엇으로 보답할 수 있을까요? 돌아서면 배운 것을 모두 잊어버리는 늙은 학생들을 나무라지 않으시고 웃으며 사랑으로 끝까지 지도해 주신 선생님께 머리 숙여 감사드립니다. 뒤늦게 편입한 저에게 친절하게 대해준 우리 반 친구들의 따뜻한 우정도 영원히 잊지 못할 것입니다.

끝으로 이렇게 훌륭한 양원학교를 세워 주신 이선재 교장선생님께 감사와 존경을 드립니다. 학생들이 잘 한 일에는 상을 주시고 격려의 말씀을 해주시니 우리 졸업생 모두는 교장선생님의 은혜를 가슴 가득 채우고 떠납니다.

이제 선생님들의 가르침에 힘입어 자신감이 생겼고 열정도 생겨 중학교, 고등학교 진학의 꿈도 꾸게 되었습니다. 졸업을 하더라도 나의 모교 양원초등학교를 영원히 잊지 않겠습니다.

더 높은 곳을 향해서

| 김 찬 금 |

늦은 나이에 공부를 하겠다고 양원학교를 찾아 공부를 시작해 어느새 졸업을 하게 되었다. 처음 공부를 시작할 때는 이런 날이 올 거라는 생각을 하지 못했다. 그저 공부 못 한 것이 한이 되어서, 학교가 너무 그리워서 나도 초등학교만이라도 가보고 싶다는 생각으로 양원학교에 입학을 했는데 이렇게 세월이 빨리 흘러 졸업을 하게 되었다.

막상 졸업을 한다고 생각하니 왜 이렇게 아쉬운 마음이 드는지 모르겠다. 난 아직도 배울 것이 많은데 아직도 모르는 것이 많은데 어찌할꼬! 4년이란 세월이 언제 이렇게 빨리 흘러갔을까? 조금만 더 시간이 있었으면……. 너무 슬프고 아쉬울 뿐이다.

나를 열심히 가르쳐 주신 선생님들, 모르면 또 다시 반복해서 가르쳐 주신 자상하고 따뜻한 선생님들이 내 머릿속에 주마등처럼 스쳐 지나간다.

어디 간들 잊을 수 있을까?

무얼 한들 잊을 수 있을까?

4년 동안을 함께 해 온 나의 학우들.

천금을 준 들 살 수 있을까?

보물 같은 나의 학우들이여! 우리 서로 잊지 말아요.

내 평생에 가장 소중한 졸업장이 되겠지요?

그러나 이것이 끝이 아니라 시작인 것을…….

나는 더 높은 곳을 향해 달려 갈 것입니다.

이 문은 대한민국 곳곳으로 뻗어 나갈 수 있는 문입니다.

내 건강이 허락하는 한 끝까지 달려 볼 것입니다.

내게 배움의 터전을 내어주신 이선재 교장선생님!

또한 열심히 가르쳐 주신 양원의 선생님들께 진심으로 감사드립니다.

그리고 내가 여기까지 올 수 있도록 늘 용기를 주고 위로해준 우리 작은 아들!

고맙고 사랑한다!

정든 학교를 떠나며

| 유옥순 |

　4년 전 어느 날 텔레비전을 보다가 양원초등학교가 있다는 걸 처음 알았습니다. 우리같이 나이 많은 사람들을 공부하는 학교라는 말을 듣고 찾아갔습니다.

　처음 가 본 양원에서 나와 같은 처지의 많은 분들이 열심히 공부하고 계시는 걸 보고 며칠간 잠을 이룰 수가 없었습니다. 그리고 입학을 하여 4년의 세월이 흘렀습니다.

　나는 이제 곧 졸업을 하게 되고 은행이나 우체국에 가서도 내 힘으로 저축도 하고 송금도 할 수 있어 너무나도 행복합니다. 처음 마음 설레며 입학식에 참석했을 때는 마음 한구석에 두려움과 부끄러움이 있었지만 이렇게 4년이란 세월이 지나고 나니 그 두려움이 깨끗하게 사라지고 더 배우고 싶다는 욕망이 커져서 지금은 내 자신이 너무나도 대견해 보입니다. 매일 집에서 가방을 싸서 학교에 올 때는 아픈 다리도 아주 가벼워지고 나도 이제 배울 수 있다는 기쁨이 이렇게 좋은 줄 처음 알았습니다. 이렇게 꿈에도 생각하지 못한 졸업장을 받게 해주시는 고마우신 우리 이선재 교장선생님, 그리고 여러 선생님들의 그 큰 은혜는 어찌 다 갚을 수 있겠습니까? 가르치고 또 가르쳐도 돌아서면 잊어버리는 저희들을 늘 칭찬과 격려로 일깨워 주시던 선생님들께 고개 숙여 감사를 드리고 싶습니다. 우리 양원학교야 말로 저희 같이 배우지 못한 모든 사람에게 희망이고 등불입니다. 아직도 우리 양원을 모르는 많은 사람들을 위해 저는 오늘도 학교 홍보지를 가방에 넣어 다니면서 필요한 사람에게 나누어 주고 있습니다. 아직도 배우지 못한 사람들이 과거의 나와 같이 두려움과 부끄러움으로 살아가지 않도록 홍보에 더욱 노력할 것입니다.

지금은 어디를 가나 자신만만하게 한글은 물론 한자까지도 읽고 쓸 수가 있으니 돌이켜 보면 4년간의 힘든 학교생활이 보람되고 정말 잘했다는 생각이 듭니다. 이제 졸업을 하게 되면 중학교에 진학해서 더 열심히 배우도록 노력할 것입니다. 이 세상 끝 날까지 배우고 또 배워서 양원의 고마움에 보답하겠습니다. 감사합니다.

사회복지사의 꿈을 향하여

| 박홍연 |

    우리 집은 처음에는 보통의 경제력을 갖춘 집안이었는데 제 나이 여덟 살 때 아버지의 놀음으로 인하여 모든 재산을 하루아침에 날리게 되었습니다. 결국 우리 가족은 고향을 떠날 수밖에 없었습니다. 우리 집은 너무나도 가난하여 언니는 서울에 사시는 이모님 댁으로 보내졌고 저는 어린 남동생 셋을 돌보아야 했습니다. 그렇게 세월이 흘러 제 나이 열일곱 살 때 방직공장에 취직을 했습니다. 그리고 남동생 셋은 제가 벌어서 학교를 계속해서 다닐 수가 있었습니다. 그 후 제 나이 스물다섯이 되었을 때 지금의 남편과 결혼을 했습니다. 결혼 후 우리 부부는 참으로 어려운 생활을 했지만 서로 마음하나 믿고 의지하며 열심히 살면서 슬하에 아들 하나 딸 하나를 두었습니다.
    아들은 정말 특별하게 공부를 잘했습니다. 학급 내에서 뿐만 아니라 전교에서도 특별한 아이였습니다. 그런 자녀를 둔 저는 공부를 제

대로 못한 어머니였으니 이 무슨 운명의 장난인지. 그때의 심정은 무어라 말로 표현할 수가 없습니다. 학교에서는 아들이 너무나도 공부를 잘 하니 엄마를 자꾸만 오라고 했습니다. 저는 아들에게 공부를 못 했다고 차마 말을 할 수가 없어서 늘 바쁘다고 핑계를 댔습니다. 아들에게 못난 엄마였던 것이 지금까지 가슴에 흉터처럼 남아 있습니다. 그러니 배움에 대한 한이 얼마나 크게 남아 있겠습니까?

아들은 서울대학교에서 11년간 공부를 하였습니다. 그 아들이 올 6월에 박사과정을 모두 마치고 10월에 결혼식을 올렸고 11월 미국으로 갈 예정입니다.

아이들을 다 키운 저에게 평생 배우지 못한 한은 제 마음을 계속 아프게 했습니다. 그러던 어느 날 학력인정 성인초등학교가 있다는 얘기를 아는 언니에게 들었습니다. 저는 얼른 그 언니와 함께 양원초등학교에 와서 등록을 했습니다. 입학식 날은 감격에 겨워 얼마나 많은 눈물을 흘렸는지 모릅니다. 입학한지가 엊그제 같은데 어느새 4년의 세월이 흘러 졸업을 하게 되었으니 감회가 새롭습니다. 선생님의 가르침을 받아 열심히 공부를 하다 보니 지금은 무엇이든 할 수 있을 것만 같습니다.

내년 2월이면 초등학교를 졸업하게 됩니다. 저는 졸업과 동시에 중학교에 진학을 할 것입니다. 그리고 고등학교와 대학교에도 반드시 진학하여 사회복지사의 꿈을 이루어 낼 것입니다.

추억을 남기며

| 최 옥 순 |

　50년 전 강원도 작은 시골 마을에서 태어난 나는 매일 아침 6시 요란한 알람 소리에 놀라 일어납니다. 잠을 떨치지 못해 알람을 끄고 다시 10여 분을 더 누웠다가 일어나 가방을 챙겨 숨을 고르며 지하철역으로 향합니다. 뭔가에 이끌리듯 종종 걸음으로. 오늘은 영어단어, 다음 날은 한문, 하나라도 더 배우고 싶어 열심히 한다고는 했습니다.

　처음 입학했을 때 낯설던 교실과 학우들과의 만남이 신기하기만 했었는데 이젠 이 시간도 얼마 남지 않았습니다. 입학했을 때 어설펐던 행동, 당황했던 많은 일들이 주마등처럼 스쳐갑니다. 만학의 꿈을 위해 어깨를 스치며 계단을 오르고 내려오길 어언 일 년 반이란 시간이 흘러갔습니다. 짝꿍과의 작은 언쟁도, 서운함도 이젠 하나의 추억거리가 될 것입니다. 아직은 좀 더 배워야 하는데 주어진 시간이 얼마 남지 않았습니다. 시간을 잡을 수만 있다면 잡고 싶습니다. 만학의 여고시절을 만끽하고 싶습니다.

아지랑이처럼 가물거리는 열네 살 중학교 시절을 뒤로 하고 여기 일성여고에서 나는 새로운 삶을 시작했고 선생님들의 열정적인 가르침을 가슴에 가득 채웠습니다. 노송은 이제 또 다른 씨앗을 잉태하고 떠납니다.

이제 또 다른 새싹들이 돋아나 일성의 푸른 나무들이 무성하게 자라날 것입니다.

요즘 아침 교실은 적막합니다. 꽉 찼던 교실이 요즘 들어 반으로 줄었습니다. 좀 지친 모습도 있고 마음들이 해이해져 있나 봅니다. 학우님들! 우리 끝까지 유종의 미를 거둡시다. 그리고 많이 그리울 것입니다. 여러 선생님께도 정말 감사드립니다. 아름다운 시간들, 열정, 지식을 마음에 가득 채워갈 것입니다. 고맙습니다. 일성이여 영원하라.

희망찬 일성

| 문 소 희 |

희망과 설렘으로 일성여고에 입학한지 엊그제 같은데 벌써 졸업을 앞두고 있다. 7년 전 교회 전도사가 나에게 대학에 도전해 보라고 권유하셨다. 그땐 아기를 키우느라 공부는 엄두를 낼 수 없었다. 날로 도약하는 시대에 적응하면서 눈높이가 달라지고 더 좋은 삶을 추구하며 열심히 살았다. 그런데 언제부터인가 나의 학력이 취업을 방해하고 나를 괴롭혔다. 억울하면 출세하라는 말처럼 공부를 하기로 결심했다. 지인의 소개로 나는 일성여고 학생이 되었다.

일성여고는 이준 열사의 구국이념을 구현하는 자랑스러운 학교이다. '아줌마 스쿨'도 좋고 '일성'도 좋고 학교 명칭부터 마음에 든다. 진짜 우리 학교는 아줌마 부대이다. 학교에 멋쟁이 아줌마들이 많아 누가 선생님이고 학생인지 몰라 복도에서 지나가는 모든 사람들에게 인사를 하던 때도 있었다. 우리 반 학우들은 이모처럼 친절했고 담임

선생님은 세월의 풍파를 겪은 학우들에게 노련하게 대처하신다.

학창시절에 체조를 전공한 나는 기초 지식이 낮은 탓에 처음엔 공부가 힘들었는데 선생님들의 도움으로 금세 좋아졌다. 수학시간이 제일 재미있고 영어는 알아듣지 못해도 재미있다. 수업시간에 헌신을 다하시는 사회 선생님, 영어보다 어려운 국어 시간에 학생들 배꼽을 빼는 국어 선생님, 정말 우리 학교 선생님들은 교육에 최선을 다하신다,

지금 담임은 컴퓨터 선생님이고 한 가정의 아빠이다.

우리도 선생님을 '아빠'라고 부른다. 컴퓨터와 친하지 않은 나에겐 담임선생님이 컴퓨터를 가르쳐 주셔서 정말 다행이다.

아줌마학교라 수준이 낮은가 했더니 공부에 한이 맺혔는지 보통내기들이 아니다. 힘든 한자 시험도 척척 승급하고 영어든 노래든 못하는 게 없다. 점심시간엔 모여앉아 도시락을 나누며 먹는 상추쌈이 제일 맛있다. 봄에는 수학여행도 다녀왔다. 우리의 여행과 레크레이션은 즐거운 추억으로 남을 것이다. 집에서 크고 작은 일에 치이다가 학교에 오면 더 마음이 편하다.

올해에 딸아이가 초등학교에 들어갔는데 내가 학생이어서인지 딸을 더 많이 이해할 수 있고, 학교에서 배운 지식이 아이를 가르치는 데 많은 도움이 되고 있다.

학교생활을 하면서 힘들 때 마다 좌절도 했지만 선생님들의 도움으로 희망은 포기하지 않았었다.

지금 와서 아쉬운 건 1학기를 마치면서 다음 학기 잘 해야지, 또 다

음 학기에 잘 해야지 생각만 하고 노력이 부족했던 것, 시간을 되돌릴 수 없다는 것이다. 올해 학우들의 추천으로 걷기 동아리 회장이 되었다. 매주 토요일을 기다리며 전날에는 헬스 정보도 공부하고 응급용품도 챙긴다. 정말 일성에서의 하루하루는 희망찬 하루이다.

난 오늘도 영어말하기 대회 준비를 한다. 내일은 대학입시 준비를 할 것이다.

졸업 후에도 일성인답게

| 박 규 량 |

　마치 온 세상을 불태워버릴 것 같은 한여름도 어느덧 꼬리를 감추고 아침저녁으로 쌀쌀한 기운이 감도는 것이 가을이 다가옴을 느끼게 한다. 배우지 못한 한을 풀기 위해 일성여자중학교에 입학한 지가 엊그제 같은데 벌써 고등학교 졸업을 앞두고 있다. 이렇게 졸업 소감문을 쓰려니 지나간 삼 년 동안의 일들이 주마등처럼 스쳐 지나간다. 중학교 때 팝송경연대회에 참가하려고 연습을 하다가 사소한 감정대립으로 친구와 다투고 마음이 상해서 많이 울기도 했었는데, 그 일로 인해 많은 것을 배우고 느끼게 되었다. 그리고 고등학교 1학년 때 다시 팝송대회에 도전하려고 다섯 명의 팀원이 결성되었는데 의상 문제로 서로 의견이 엇갈려 해체 위기에 놓여있었다. 그때 내가 생각한 아이템으로 팀원들을 끝까지 설득하여 결국은 대상이라는 큰 영광을 안은 적도 있었다. 이제는 어떠한 어려운 문제가 생기더라도 현명하

고 지혜롭게 헤쳐 나갈 수 있는 능력이 생긴 것 같다. 그리고 한 번 맡은 일은 끝까지 해내고 마는 뚝심이 나에게 나오는 큰 힘의 원동력 이라는 것을 깨달았다.

요즘 나는 졸업을 앞두고 대학원서를 쓰기 위해 고민을 하고 있다. 막상 대학에 가려고 하니 나이가 발목을 잡는다. 나이는 숫자에 불과 하다지만 대학에서 전공을 살리려고 하니 나이를 생각하지 않을 수 가 없다. 하지만 나의 궁극적인 목표는 노후에 좀 더 행복한 삶을 사 는 것이다. 그러려면 내가 좋아하는 일을 해야만 한다. 그래야 에너 지와 열정이 솟아날 것이다. 그래서 나는 내가 좋아하는 전통국악을 전문적으로 공부해서 나와 같은 꿈을 가진 이들에게 전통국악을 가 르치고, 어두운 그늘 속에서 소외된 분들을 찾아다니며 여생을 살아 가려고 한다.

오늘의 내가 있기까지 너무나 열정적으로 가르침을 주신 일성의 모 든 선생님들께 감사드리며 마지막 고3을 행복하게 보낼 수 있게 지도 해 주신 담임 박인화 선생님께 감사드린다. 그리고 저희 문맹들에게 배움의 길을 열어 주신 교장선생님, 진심으로 존경하며 감사드립니 다. 졸업 후에도 일성인답게 끊임없이 도전하고 배우며 노력하는 사 람으로 살아가겠습니다. 그리고 열심히 학교생활을 잘 마치는 나 자 신에게 박수를 보낸다. 규량이 파이팅!

큰 바다를 향하여

| 유 정 옥 |

　어린 시절 부모님께서는 비록 중학교에 진학시켜 주지는 못했지만
서로 아끼며 살라는 세상을 살아가는 지혜는 가르쳐 주셨습니다. 믿
음으로 사람을 대하라는 인성교육은 은연 중 나의 오늘날이 있게 한
원동력이었다고 생각합니다. 학교에 보내주지 못한 부모님을 원망
하기보다는 현실에 충실하며 열심히 살아온 결과 오늘날 평생의 소
원인 고등학교에 다니고 있습니다. 입학할 당시만 하여도 과연 중학
교라도 졸업을 할 수 있을까 하고 설레는 가슴을 안고 입학을 하였는
데 벌써 고등학교를 졸업할 날이 얼마 남지 않았다니. 오히려 이제는
미련과 아쉬움만 남는 것 같습니다. 요즈음은 하교하면서 여기저기
교정을 둘러봅니다. 얼마 있지 않으면 이렇게 한가로이 교정을 돌아
볼 시간도 내기가 어려울 것 같아서 말입니다. 지나온 시간들을 되돌
아보면 좀 더 잘 할 수 있었는데 그때 내가 그 일을 왜 하지 않았을까

하면서 후회도 해봅니다.

합창단을 하면서 크고 작은 행사에 참석하고 여성 마라톤 대회와 걷기 대회에 참여하는 등 나름대로 열심히 학교생활을 하였다고 생각하지만 그래도 가정생활과 사업에 쫓기다 보니 부족했던 것은 사실이라서 안타깝고 아쉬움만 남습니다. 그래서 남은 시간 더 열심히 후회하지 않도록 학교생활에 충실하려 합니다.

특히나 교우들과도 헤어질 날이 얼마 남지 않았다고 생각하니 가슴이 뭉클해 오는 것은 아마도 우리가 학교에서 공부만 하였던 것이 아니라 사회에서 남들에게도 받아 보지 못한 선생님들의 참된 사랑을 받으며 또 그 사랑을 배웠기 때문일 것입니다.

이토록 알찬 배움의 터를 일구어주신 이선재 교장선생님 감사합니다. 특히 중도에 포기하지 않고 졸업할 수 있도록 지도하시고 인도하여 주신 이윤주 선생님, 그리고 박인화 선생님 고맙습니다. 두 분이 계셨기에 제가 빛나는 졸업장을 받을 수 있게 되었습니다.

아쉽지만 그래도 이제는 가야합니다. 저 큰 바다를 향하여 우리는 가야만 합니다. 선생님들께서 막혀있던 연못의 물길을 터서 냇물이 되어 흐르도록 하여 주셨으니 이제는 스스로 바다를 향하여 흐르려 합니다. 그리하여 이루지 못한 꿈을 이루로 남은 생을 나 자신을 위하고 이 사회를 위하여 이 배움을 나누겠습니다. 우리 모두 저 큰 바다에서 모두 만날 수 있기를 기대합니다.

보석으로 가득 채웠습니다

| 김 학 연 |

 꿈과 희망을 안고 고등학교 입학한 때가 엊그제 같은데 벌써 졸업
이 성큼 다가왔습니다. 새삼 시간을 순식간에 도둑맞은 기분이 듭니
다. 가슴 벅차오르던 그 날, 잠시 지난날을 떠올려 봅니다.

 평생 이룰 수 없을 것만 같았고 높은 장벽처럼 느껴졌던 고등학교
졸업장을 받게 되었습니다. 제2의 새로운 인생의 꽃을 활짝 피울 수
있었던 곳, 바로 일성여자고등학교입니다.

 교장선생님의 많은 훈화 중 양금택목(良禽擇木), 수불석권(手不釋卷),
불광불급 등 많은 것이 있지만 그 중에서도 제일 와 닿은 것은 보석
광산에 보석을 마음껏 광주리에 담아 가라고 하신 말씀입니다. 지금
도 귓전에 맴돕니다. 나는 그 동안 얼마나 캤을까?

 높은 곳에 오르려면 낮은 계단부터 하나씩 딛고 올라가야 한다는
'등고자비'라는 고사성어처럼 나 자신과 약속을 굳게 다짐하며 목표

를 세워 나갔습니다. 어릴 적 꿈이었던 선생님! 양원 한자지도사 자격을 취득하여 후배들을 가르치는 기쁨을 얻었습니다. 또 다른 최고의 기쁨도 누렸습니다. 입학 당시만 해도 한글타자만 겨우 칠 수 있었지만 선생님의 꾸준한 지도 결과 상상도 못했던 국가고시 정보기술 컴퓨터 자격증을 2개나 취득하였습니다. 이렇게 노력만 하면 얼마든지 꿈을 이룰 수 있었습니다. 이 결과가 오기까지 힘든 과정도 있었지만 선생님의 격려와 사랑이 있었고 학우들의 응원의 힘을 얻어 이룰 수 있었습니다. 그밖에 교내외 행사에 참여해 글로벌 시대에 맞게 폭 넓은 체험과 학습을 통해 견문을 넓힐 수 있었습니다. 양원지역 봉사회에 가입하여 봉사활동도 하면서 평소에 느끼지 못했던 감정도 느끼게 되는 등 많은 경험이 나를 성장하게 했습니다.

고등학교 생활 중 최고의 인생 공부를 할 수 있었던 것은 학생회장이라는 자리였습니다. 만학도 학교이다 보니 10대에서 80대까지 다양한 연령층이 있습니다. 저는 공부도 중요하지만 인생에 있어 중요한 것은 서로 배려하는 마음과 인성이 제일이라고 생각합니다. 학생회장이라는 자리는 정말 자랑스럽지만 많은 학생들을 통솔해야 한다는 의무감에 어깨가 무거웠습니다. 타의 모범이 되기 위해 더욱 열의를 가지고 모든 것에 임했고, 학우들이 편안하게 다가올 수 있도록 자연스러운 인간관계를 만들려고 노력했습니다. 이제는 그 어떤 어려움이 있더라도 헤쳐 나갈 마음의 준비가 되어 있습니다. 나에게 배움이 있는 학교가 있어, 꿈을 이룰 수 있어 행복했습니다. 그러나 다시 이 자리에서 배우고 싶어도 되돌아 올 수 없는 고등학교 교정을 생각하니 눈물이 납니다.

선생님 그 동안 진심으로 고마웠습니다. 선생님의 격려와 아낌없는 사랑이 있었기에 목표와 꿈을 이루는 데 한걸음 다가갈 수 있었습니다. 모두가 안 된다고 할 때, 담쟁이 잎 하나로 담쟁이 잎 수천 개를 이끌고 결국 그 벽을 넘는 것을 우리 학교 담벼락에서 보며 나도 할 수 있다는 생각을 항상 가졌습니다. 선생님의 노고가 헛되지 않도록 어디서나 열정을 가지고 주어진 일에 최선을 다하는 훌륭한 사람이 되겠습니다.

행복했던 시간

| 박 순 덕 |

온 세상을 불바다로 만들 것 같던 무더위도 가을이란 계절에게 자리를 넘기고 제자리로 돌아가고 있듯이 모든 일 또한 시간이 다하면 원점으로 돌아가기 마련인가 보다. '이제 시작이구나.' 했던 일들이 어느새 시간이 흘러 마무리 단계에 와 있음에 서운함이 남는다. 지난 2년 동안 참 많은 일들이 있었던 것 같다. 누가 말했던가, 생각이 바뀌면 세상이 달라 보인다고. 나를 두고 한 말인 것 같아서 자꾸 되새기게 된다.

일성이란 학교를 알게 되면서 나의 삶은 바뀌었다. 공부라는 두 글자의 뜻을 알게 되었고 살아가는 이치를 깨닫게 되면서 어두운 터널 속에서 밝은 세상 밖으로 걸어 나올 수 있게 되었다. 모든 어려움과 괴로움을 두 어깨에 짊어지고 무거워서 움직이기 힘들다고 원망하며 살았던 시절도 있었다. 배우지 못했던 설움이 나를 힘들게 할 때는 이렇게 살아서 무엇하냐고 세상을 버리려고 했던 적도 있었다. 하지만 우연히 TV를 보다가 이선재 교장선생님의 말씀을 듣게 되었다. 그 말씀 중에 내가 시루가 되어줄 테니 여러분들은 콩나물이 되어서 무럭무럭 자라보라고 하신 것이 나의 귀를 스치고 지나갔다. 그 순간 결심을 했다. 공부를 하겠다고 말이다.

엊그제 입학한 것 같은데 벌써 졸업을 앞두고 있다. 배움이란 끝이 없다. 아직도 배울 것이 많고 더 배우고 싶은데 졸업이라 한다. 정들었던 교정과 많은 친구들, 교내 마당에 아침마다 반겨 주던 벚꽃 나무들, 정든 교실을 어떻게 잊을지 벌써부터 걱정이다. 한 자라도 더 가르쳐 주시려고 힘든 줄도 모르고 목소리 높여 열강을 하시던 일성의 명품 선생님들을 어찌 잊을 수 있으랴. 그 덕에 난 새로운 사람으로 다시 태어났고 평생 잊을 수 없는 추억을 가지게 되었다.

이제 준비된 사람으로 제2의 인생을 당당하게 웃는 얼굴로 멋지게 살아갈 것이다. 어디든 내 손발이 필요한 곳이면 마다 않고 달려갈 것이고 나보다 상대방을 먼저 생각하는 마음을 항상 잊지 않을 것이다. 존경하는 교장선생님 그리고 일성학교 모든 선생님, 다시 한 번 머리 숙여 감사드립니다.

나의 학교생활

| 최 낙 순 |

나는 전라남도 함평군의 작은 시골 마을에서 태어났다. 어린 시절을 되돌아보면 중학교 2학년 1학기를 마친 후 학교를 다니지 못한 것이 마음 한구석이 텅 빈 것처럼 무엇으로도 채워지지 않았다.

사회생활을 하면서 25년 동안 알고 지낸 친구가 일성여중에 다니면서 그동안 여러 번 학교에 다니자고 권했지만 사업장을 가지고 있었기에 시간을 낼 수 없어서 거절하였다. 그러나 2년 후에 친구가 고등학교 들어간다는 소식을 접했을 때 머리가 띵하면서 학업에 대한 욕심이 생겼다. 이제는 더 이상 늦추면 안 되겠다는 마음에 중학교에 입학하였다.

각오를 단단히 했음에도 마음처럼 공부는 쉽지가 않았다. 중학교 교육과정을 따라가다 보니 정신 차릴 틈도 없이 2년이라는 시간이 지나갔다. 학교생활을 하는 중에 하라는 것은 어찌 그리 많은지, 한문

시험, 글쓰기, 견학소감문, 사설노트, 독서노트 등. 힘들게 일성여중을 졸업하고, 일성여고에서의 생활은 나에게 특별한 의미를 부여해 주었다. 공부하는 과정에서 많은 것을 알게 해 주었고 꿈을 가지게 해 주었으며 무엇보다 한 가지 일에 끝없이 열정을 쏟는 방법과 포기하지 않는 마음을 가르쳐 주었다.

특히 컴퓨터를 만지면 고장날까봐 만지지도 못했던 내가 1년이라는 세월을 파워포인트에 도전하여 시력이 망가질 정도로 컴퓨터 앞에 앉아 있었다. 쉽게 하는 말로 7전 8기하면 이룬다고 하였지만 파워포인트를 배우기는 쉽지가 않았다. A등급을 받아야 되지만 항상 B등급이 나와 10번 이상 떨어진 것 같다. 떨어질 때마다 눈물을 흘리면서 포기하고 싶었지만 그럴 수가 없었다. 그래서 A등급 점수 획득에 실패하면 오뚝이처럼 다시 일어나 처음부터 다시 시작하기를 열 번 넘게 하여 원하는 점수를 받았다. 합격하는 날 지난 시간 동안의 노력이 주마등처럼 스쳐 갔으며, 가족들은 나보다 파워포인트 A등급 합격을 더 좋아하였고 축하파티도 멋지게 해 주었다.

어느덧 세월은 흘러 꿈만 같던 여고 시절이 저물어 졸업을 앞두고 있다. 하지만 이제 대학 진학이라는 더 멋진 나의 모습을 꿈꾸게 된다. 또 다시 두려움과 설렘이 교차하지만 일성고등학교를 다니면서 '나는 잘 할 수 있다.'는 자신감을 갖게 되었기에 잘 해내리라 생각한다.

나도 이제 고등학교 졸업반이다

| 유 길 님 |

'끝까지 할 수 있을까?' 걱정하며 75세에 입학한 중학교 고등학교 학창 시절이 끝나가는 중인 것이다. 물론 고교 졸업 후에도 다른 학교를 다닐 수도 있지만 그때를 학창 시절이라 부르기는 어려울 것 같다. 다 끝나간다고 생각하니 아쉽기도 하고 여기까지 온 스스로가 장하기도 하고 이 실력으로 졸업해도 되는 건가 해서 부끄럽기도 하다.

지금까지의 내가 시도했던 학업에 대한 도전들이 주마등처럼 스쳐 지나간다. 너무 배우고 싶어 어린 자식을 등에 업고 야학에 다녔지만 버스비가 부담될 정도로 팍팍한 생활에 결국 그만둔 일, 아이들이 다 자란 후 여러 번의 망설임 끝에 야학을 다니며 초등학교 검정고시를 치른 일, 검정고시 입시를 위해 학원에 등록하려 했으나 나이가 많아서 효과가 없을 거라며 거절당하고 서러워했던 일(물론 지금은 아무리 반복해도 외우지 못하는 스스로를 보며 그 학원 선생님의 의견이 이해가 된다), 신기하게도 검정고시에 한 번에 붙어서 기뻐했던 일, 입학하려고 대기하던 광주의 학력인정 중고등학교가 자격 없는 학생을 받고 출석 관리를 제대로 하지 않았다고 징계를 받아 문을 닫게 돼서 입학일이 무기한 연장된 일, 나이를 생각하니 기다릴 수 없어 다른 학교를 알아본 후 진학을 위해 경기도로 이사까지 하는 등 많은 일이 있었다.

일성학교를 처음 방문했던 날의 기억은 아직도 생생하게 떠오른다. 행정실을 찾기 위해 지나가던 선배들에게 물어물어 좁은 계단과 여러 교실을 지나며 곁눈질로 학교를 구경했었다. 왜 그랬는지 모르지만 대놓고 구경하기에는 뭔가 부끄러웠다. 아닌 척하면서 게시판도 보고 교실도 들여다보고 했었다. 이렇게 어리바리하게 시작한 학교생활이 중학교를 지나 고등학교까지 온 것이다.

역시 고등학교는 역시 힘들었다. 수업 시간에는 모르는 것 투성이었고 그동안 버텨오던 몸도 힘들었는지 팔에 이상이 생겨 필기를 하기가 힘들었다. 그때마다 선생님이 위로해 주시며 격려해 주셨고 급우들은 필기를 대신해 주며 도움을 주었고 그로 인해 마음을 가다듬을 수 있었다.

이렇게 힘들어하며 학교에 다니는 나를 보며 그 나이에 여행이나 다니며 한가롭게 지내지 왜 사서 고생이냐는 사람들도 있었다. 나도 그 말에 동의할 때도 있지만 아는 만큼 보인다는 말처럼 예전에는 아무 의미 없던 말과 글들이 나에게 숨은 뜻을 보여주는 순간 그 모든 고생과 후회는 사라지고 마음은 기쁨으로 가득해진다. 기억나는 것이 아무 것도 없다고 푸념하지만 일성여고에서 나는 많은 것을 알게 되었고 해보지 못했던 경험을 했다. 학교생활은 내 좁은 세상을 넓혀 주었고 꿈을 가지게 해 주었으며 내 평생의 한을 없애 주었다.

나는 교장 선생님께서 강조하시던 '콩나물시루에 물을 주면 물은 빠져나가지만 콩나물은 자라고 있다'는 말씀 속의 콩나물이다. 비록 지금은 까만 천에 싸여 좁은 시루 속에 있지만 무엇으로 쓰일지 모르는 무궁한 가능성을 지니고 시나브로 자라고 있는 콩나물이다. 계속 자라기 위해 어둠 속에서 오늘도 나는 물을 기다린다.

고등학교 시절의 소회

| 김 영 숙 |

세월이 참 빠르다. 작년과 올해는 계절이 슬며시 왔다가 슬며시 간다. 3년에 할 것을 2년에 몰아쳐서 하려니 바쁘다. 설레는 마음으로 입학한 지가 어제 같은데 벌써 졸업이라니 실감이 나질 않는다.

몇 년 전 여름 난생 처음으로 내시경 검사를 했는데 작은 혹이 발견되어 제거를 했다. 별일은 아니었지만 여러 가지 생각들이 스쳐 지나갔다. 문득 버킷리스트가 생각났다. 우리가 인생에서 가장 후회하는 것은 살면서 한 일들이 아니라, 하지 않은 일들이라는 말이 생각났다. 내겐 1순위가 공부였다. 그래서 공부를 하기로 마음먹었다. 학교는 이미 신문에서 보았던 일성여고로 결정했다. 등록을 끝내고 신입생을 대상으로 하는 특강을 들었다. 나이든 중년 주부들이 앉아서 영어와 수학 수업을 듣는 모습이 신기했다. 선생님의 질문에 어린 학생들처럼 질문하고 답하는 모습을 지켜보았다. '과연 나는 이 속에서 따라갈 수 있을까?' 하는 불안한 생각이 들었다.

입학식을 하고 학교생활에 적응이 되어갈 무렵 담임선생님께서 4월부터 한자시험과 영어 암송이 있으니 미리 준비하라고 하셨다. 중학교 졸업 후 30여 년 만에 시험을 치른다고 하니 막막했다. 그래서 무조건 쓰고 외우고 쓰고 외우고 했다. 심지어 잠을 자다가도 깨면 한자를 쓰다 잠이 들었다. 열심히 한 덕분인지 공부에 재미가 붙었다. 그렇게 한자 속으로 한 걸음 한 걸음씩 들어가기 시작했다.

교실에서는 다양한 사람들이 모여 공부를 하다 보니 예상치 못한 일들이 벌어진다. 그러나 비슷한 생각을 가진 급우들이라 서로 돕고 이해하며 지냈다. 모두들 마음 깊은 곳에 공부에 대한 미련을 가지고 살다 보니 사회에서는 속마음을 쉽게 털어놓지 못하고 묻어두는 경우가 많았다. 하지만 학교에 와서 비슷한 처지의 사람들과 속마음을 터놓고 얘기하다 보니 금세 친구가 되었다. 또한 좋은 선생님들과의 만남도 결코 잊을 수 없다. 항상 우리를 이해하고 배려해 주시는 선생님들을 볼 때 정말 존경심이 절로 난다. 나이 드셨어도 안주하지 않고 쉼 없이 책을 읽고 운동하시는 교장선생님도 예외는 아니다. '나이 들어 너희도 이렇게 살아라.' 하고 몸소 보여주시는 것 같다. 요즘 일반 학교에서는 좋은 선생님을 만나는 것이 드물다고 한다. 그러나 일성학교에는 좋은 선생님이 훨씬 많다. 그런 의미에서 우리들은 공부가 늦은 덕분에 좋은 선생님을 만났으니까 오히려 고마워해야 하지 않을까? 2년간의 학교생활을 마치고 교문을 나설 날이 곧 다가온다. '왜 좀 더 일찍 공부하지 않았을까?' 하는 아쉬움도 있지만, 어디에 있건 일성에서 갈고 닦은 저력으로 당당하게 살 것이다.

나이 칠순에 대단해!

| 김 금 원 |

길고 멀게만 생각했던 2년이란 세월이 가고 어느새 졸업이 코앞으로 다가온다. 학교 다니는 것에만 열중하고 다른 일들은 모두 것들은 뒤로 미루었다.

그 어느 것보다도 내 인생에서 가장 잘 한 것은 일성학교를 찾아와서 훌륭하신 선생님들과 공부를 한 것이라고 생각하며 '만약 일성이라는 학교가 없었더라면 지금쯤 무엇을 하고 있을까?' 생각해 보기도 한다. 일성에서 배운 지식 덕분에 나 자신도 깜짝 놀랄 만한 판단력과 이해심이 생겼다는 것을 느끼며 흐뭇해 한 적이 한두 번이 아니다.

이제 공부는 왜 해야 하는지 어떻게 해야 하는지 조금은 알 것 같은데 정든 학우들과 선생님과 모교를 떠난다니 생각만 해도 눈물이 맺힌다. 지혜롭게 사는 덕목, 훈화, 교가, 같이 공부했던 학우들과 학급경영자 선생님 세 분, 길응경, 백수진, 조현분 선생님은 잊지 못할 것이다.

　즐겁고 행복했던 수업시간들이 오랜 시간을 두고 내 마음에 남아 있을 것이다. 이제 곧 내가 가야 할 대학교도 정해야 하고 무슨 과를 가야 할 것인가를 깊이 생각해야 한다. 주위 지인들은 4년을 배웠으면 됐다, 고등학교 졸업장 있으면 그만해라, 칠순에 무슨 대학을 가느냐고들 하지만 지금 내 마음은 대학교, 대학원, 유학까지 갈 계획이다. 내가 건강하게 살아 있는 한 무엇인가 천천히 힘이 닿는 데까지 서두르지 않고 배울 것이다. 그렇게 되도록 꾸준한 노력을 할 것이라 생각하면 입가에 미소가 저절로 나온다.

　나는 동서가 5명이나 있는 집으로 시집을 왔는데 동서들이 모두 명문대 출신이고 나 혼자만 어쩌다 공부를 못하고 시집을 왔다. 그러다보니 마음고생을 많이 했고 공부를 못 한 것이 얼마나 한 맺혔는지 모른다. 하지만 지금 나는 동서들에게 내년에 대학교 갈 거라고 말한다. 동서들은 칠순에 대단하다며 깜짝 놀라곤 한다. 명문대는 아니라도 꾸준히 공부를 해서 팔순에는 자원봉사로 남들을 도우면서 동서들에게 또 '대단해, 동서. 팔순에 봉사를 하다니!'란 말을 듣고 사는 것이 목표요, 꿈이다.

일성여자중고등학교
이모저모

〈입학식 설레는 학급경영자와의 만남〉

〈입학은 행복입니다. 배움은 사랑입니다.〉

〈팝송경연대회에서 교복 입고 즐겁게 팝송을〉

〈시낭송대회에서 시를 낭송하는 학생〉

〈양원노래자랑대회 참가 학생들〉

〈노래자랑대회에서 김성애 리포터와 인터뷰〉

〈걷기동아리 – 여의도 공원에서 〉

〈걷기동아리 – 금강자연휴양림에서 〉

〈스승의 날 – 선배와의 대화〉

〈여성걷기대회 (여성마라톤) 참가한 학생들〉

〈영어말하기대회 – 즐겁게
영어를 익히는 학생들〉

〈일성여자고등학교 제주도 교육여행〉

〈춘계견학 봉황각에서 생생한 역사를〉

〈일성여자중학교 남해 교육여행〉

〈체조꿈나무 장학금 지원〉

〈빛을 향하여 출판기념회〉

〈하모니카동아리 - 교내행사 찬조공연 모습〉

〈국악동아리 - 교내행사 찬조공연 모습〉

〈합창반 - 평화통일염원콘서트 공연 모습〉

〈종이접기동아리 - 기억력을
증진시키는 종이접기〉

〈문예동아리 - 각종 백일장에서 실력을〉

〈수원 자혜학교 견학〉

〈졸업장 수여식 - 빛나는 졸업장을〉

〈정운찬 전국무총리의 졸업식 축사 모습〉

양원주부학교
이모저모

〈입학식에서 학생 선서 모습〉

〈전국 봄꽃 백일장에서 수상한 학생들〉

〈여성 걷기대회(여성마라톤) 모습〉

〈사릉 – 현장체험학습〉

〈정약용 생가 – 현장체험학습〉

〈한자 · 한문지도사 자격증 수여식〉

〈팝송경연대회에 참여한 학생들〉

〈졸업식 – 문용린 교육감 졸업장 수여〉

양원초등학교
이모저모

〈입학식에서 첫 번째 만나는 선생님〉

〈스승의 날 – 선생님께 감사를〉

〈입학식에서 입학 소감문 낭독〉

〈정약용 생가 – 현장체험학습〉

〈스승의 날 – 나이를 잊은 스승과 제자의 정〉

〈강화 고인돌 – 현장체험학습〉

〈자운서원 – 현장체험학습〉

〈여성걷기대회(여성마라톤) 참가 학생들〉

〈박원순 서울시장과 함께 여성걷기대회〉

〈서대문형무소역사관 – 현장체험학습〉

〈졸업여행 – 즐거운 오락시간〉

〈나의 주장 발표 대회 – 학생 발표 모습〉

〈졸업여행 – 김삿갓 박물관〉

〈나의 주장 발표 대회 – 내빈 및 참가 학생〉